Y Rhwyd

CARYL LEWIS

Argraffiad Cyntaf: 2007
ISBN 086243 942 6
ISBN-13 978 0 86243 942 2

Mae'r cynllun Stori Sydyn yn fenter ar y cyd
rhwng yr Asiantaeth Sgiliau Sylfaenol a Chyngor
Llyfrau Cymru. Ariennir y llyfrau gan yr
Asiantaeth Sgiliau Sylfaenol fel rhan o
Strategaeth Genedlaethol Sgiliau Sylfaenol
Cymru ar ran Llywodraeth Cynulliad Cymru.

Argraffwyd a chyhoeddwyd gan
Y Lolfa, Talybont, Ceredigion SY24 5AP.
gwefan www.ylolfa.com
e-bost ylolfa@ylolfa.com
ffôn 01970 832 304
ffacs 832 782

PENNOD 1

ROEDD EI DDWYLO'N CHWYSU o fewn y menig lledr wrth iddo afael yn y banister ar waelod grisiau'r gwesty. Trodd ei ben i edrych y tu ôl iddo. Doedd neb yno. Dechreuodd neidio'r grisiau bob yn dair. Gwrandawodd yn ofalus a symud yn ysgafn. Cyrhaeddodd y trydydd llawr. Dilynodd y carped rhad ar hyd y coridor cul gan gadw ei gefn at y wal. Dilynodd y rhifau gyda'i lygaid a chyfri ar yn ôl: tri deg saith, tri deg chwech, tri deg pump, nes cyrraedd y drws. Edrychodd i lawr y coridor unwaith eto i'r ddau gyfeiriad a thynnu ei fenig yn dynnach am ei ddwylo. Roedd yn anadlu'n ddwfwn a'r cryndod yn ei fola'n ei wneud e'n falch na chafodd e ddim byd i'w fwyta cyn dod.

Doedd e byth yn medru bwyta cyn y job. Roedd y cyffro bob tro'n ormod. Tynnodd strapen ei fag am ei ysgwydd fel bod ei ddwylo'n hollol rydd. Gwasgodd ei glust yn erbyn y drws. Clywodd y sŵn y tu mewn. Sŵn sodlau'n cerdded y llawr. Gwrandawodd ar y tap-tapian am ychydig a'r chwys yn wlyb ar ei dalcen.

Cafodd yr hen deimlad cyfarwydd o bŵer

oedd yn gwneud yr holl gynllunio a'r ymdrech yn werth chweil. Tynnodd ar sip ei siaced, estyn am y balaclafa o'i boced a'i dynnu am ei ben. Edrychodd o gwmpas unwaith eto. Yna cnociodd yn ysgafn ar y drws. Clywodd y sodlau uchel yn stopio'n stond, yn troi ac yn agosáu at y drws.

'Pwy sy 'na?'

Teimlodd y wasgfa gyfarwydd yn ei wddwg wrth glywed y llais meddal, gwan. Cliriodd ei wddf.

'Room service.'

Gwyliodd fwlyn y drws ac aros yn barod i'w wthio yr union eiliad y byddai'n agor. Clywodd hi'n gafael yn y ddolen. Yna, yr eiliadau hir hynny cyn i'r sioe ddechrau. Gwyliodd y bwlyn yn symud yn ara, ara bach a'r dynfa'n cynyddu yn ei frest. Gwthiodd y drws ar agor, cydio yn y ferch a rhoi ei law dros ei cheg. Tynnodd hi tuag ato er mwyn ei stopio hi rhag brwydro, a chaeodd y drws y tu ôl iddo gyda'i goes.

'Room service, Madam,' sibrydodd yn beryglus yn ei chlust wrth ei gwthio yn erbyn y wal.

Roedd hi'n ifancach nag roedd e'n 'i ddisgwyl. Doedd hi ddim yn brydferth o gwbwl ond doedd hynny byth yn ei boeni. Roedd ganddi fronnau mawr ac roedd hi'n gwisgo sgert fer a sodlau uchel yn union fel roedd e'n ei hoffi. Teimlodd ei chorff trwy'r menig a gwasgodd ei wyneb i mewn i'w gwallt. Roedd hi'n arogli'n felys.

Gwasgodd hi i lawr ar y gwely a rhoi ei bwysau i gyd arni'n fygythiol cyn sibrwd yn ei chlust mewn llais dwfn, 'Ca dy ben a 'na i ddim neud dolur i ti. Ti'n clywed?'

Nodiodd.

'Nawr tynna dy ddillad.'

Penliniodd uwch ei phen gan ei gwylio'n tynnu pob dilledyn, a chydiodd yn ei fag.

'Os ti'n mynd i neud hynna,' sibrydodd hi â chryndod yn ei llais, 'o leia gad i fi weld dy wyneb di.'

Tynnodd y balaclafa dros ei ben ag un llaw. Gwelodd hi ei wyneb. Yna gwelodd y rhaffau yn ei law arall.

Roedd hi'n gorwedd nawr mor llonydd â chorff, a'r rhaffau'n nadreddu'n rhydd ar y llawr. Edrychodd Meic arni. Yna tynnodd ei drowser tuag at y gwely a chwilio yn ei boced ôl am ffag. Eisteddodd yn borcyn ar ochr y gwely a thynnu'n drwm ar y mwg.

Roedd yr ystafell hefyd yn dwll o le. Roedd y cwbwl yn drewi o fwg a baw a rhyw. Roedd hi'n rhochian chwyrnu a'r lipstic coch wedi ei wasgaru ar hyd ei gwyneb fel ar wyneb clown. Roedd 'na botelaid o win a bonyn sigâr denau mewn llestr wrth y gwely. Safodd a cherdded at y ffenest lle roedd y ddinas yn dechrau dihuno.

Ar y stryd o dan y gwesty rhad, roedd bois y biniau'n casglu'r sbwriel yn swnllyd. Roedden nhw'n gwisgo menig trwchus am eu dwylo rhag y nodwyddau oedd mor gyffredin ym mhob man bellach. Pasiodd Pacistani ar ei feic ar y ffordd i'w waith. Roedd y welydd islaw wedi'u creithio â graffiti, a baw colomennod yn staen gwyn ar hyd wal yr adeilad yr ochr draw. Tynnodd ar y ffag unwaith eto ac ymlaciodd ei ysgwyddau. Daeth sŵn o'r gwely wrth iddi droi drosodd.

Edrychodd Meic arni am eiliad. Roedd yna gannoedd ohonyn nhw. Cannoedd ar gannoedd o fenywod, priod gan amla, yn postio eu proffiliau a'u lluniau ar y we. Roedd yna rywun at ddant pawb. Rhai tew, rhai tenau. Rhai *blonde*, rhai tywyll. Rhai'n hoffi gwisgo fel merched ysgol, rhai â ffantasïau mwy tywyll. Roedden nhw'n gwbod y drefn hefyd, er bod rhaid bwydo rhai ohonyn nhw ag ychydig o grap yn gyntaf. Dweud wrthyn nhw pa mor ddiddorol neu brydferth oedden nhw. Roedd hon, neu Miss XXX fel roedd hi'n ei galw ei hunan, wedi ei e-bostio'n ôl yn syth ac wedi rhannu'i ffantasïau mwyaf tywyll. Allai hi ddim cyfaddef hyn oll wrth ei gŵr.

Roedd e wedi teimlo trueni drosti mewn

ffordd. Ond dyna fe, fe gafodd e thril rad neithiwr. Erbyn bore 'ma, roedd e'n ei ffindio hi'n anodd i edrych arni hyd yn oed.

Y tro cynta iddo ddod ar draws y math yna o wefan, wnaeth e ddim byd. Dim ond darllen yn awchus a chodiad yn cynhyrfu yn ei jîns. Roedd hynny dipyn o amser yn ôl erbyn hyn.

Gorffennodd ei ffag a'i gwasgu i mewn i'r hen ddesg wrth y ffenest. Y tric oedd gwisgo cyn iddyn nhw ddeffro, a gadael yn gynnar. Roedd pawb yn gwbod y sgôr, wrth gwrs, ond gwell bod yn amhersonol, jest i neud yn siŵr.

Casglodd y rhaffau a'r balaclafa a'u gwthio i mewn i gwdyn Spar oedd yn leinio'r bin yn y cornel. Stwffiodd nhw i'w sach gefn. Roedd ei sgert hi a'i sysbendyrs taci coch yn gymysg â'i bethau ef ar y llawr. Gwisgodd ei drowser, ei sanau a'i got. Cerddodd at y drws mor dawel ag y sleifiodd i lawr y coridor y noson cynt. Caeodd y drws ar ei ôl a theimlo rhyddhad wrth edrych ar y bwlyn drws yn cau unwaith eto. Ymbalfalodd am ffag arall wrth sgipio i lawr y grisiau a thynnu anadl hir wrth gyfarfod â golau'r bore.

Cerddodd i gyfeiriad yr orsaf i ddal ei drên.

PENNOD 2

'HEIA BÊB,' OEDD GEIRIAU Meic wrth gerdded i mewn i'r gegin.

Roedd Eirlys, gwraig Meic, yn dal Jac yn ei chôl ac yn ceisio gwisgo'i sanau amdano tra oedd e'n gwneud ei orau i ddianc.

'Shwt aeth pethe?' gofynnodd.

Rhoddodd Meic ei fag ar y llawr cyn plygu i osod cusan ar gorun ei wraig.

'Paul yn iawn?' holodd Eirlys wedyn.

'Oedd. Ti'n gwbod fel ma fe. Yn brobleme i gyd. Fi'n falch bo fi ddim yn *single*, 'na i gyd alla i weud.'

Cydiodd Meic mewn afal o'r bowlen ffrwythau a'i daflu yn yr awyr cyn ei ddal. Roedd Beca wedi clywed ei thad yn cyrraedd gartre. Rhedodd yn hapus i lawr y grisiau i mewn i'w freichiau. Cydiodd e ynddi a'i thaflu yn yr awyr cyn eistedd ar y soffa.

'Olreit, twts?' dwedodd Meic wrth ei ferch fach.

'Reit,' meddai Eirlys wrth osod Jac ar y llawr wedi ennill brwydr y sanau. 'Dere i ni gael gweld faint bydd rheina'n aros ar y traed bach 'na.'

Dechreuodd hi lanw'r sinc cyn sleidro'r llestri brecwast i mewn i'r dŵr poeth. Gwyliodd Meic hi wrth fwyta'r afal. Roedd Beca wedi gorffwys ar ei frest erbyn hyn ac yn hanner cysgu wrth sugno'i bys bawd.

Roedd y ddau blentyn yn debyg i'w tad. Yn wallt tywyll ac yn llygaid glas i gyd. Er bod ganddyn nhw lygaid golau, roedd lliw haul ar eu croen drwy'r flwyddyn a doedd dim golwg bron o bryd golau eu mam. Roedd Meic bob tro yn tynnu'i choes a dweud mai gyda fe roedd y *dominant gene* ac y dylai hithau gofio hynny.

Roedd ei wraig yn fenyw siapus o hyd. Roedd y rhai oedd yn meddwl mai hen byrfyts unig oedd yn defnyddio gwefannau tebyg iddo fe yn hollol anghywir. Roedd y rhan fwya ohonyn nhw'n briod ac yn ifanc. Cymerodd gnoad o'r afal a sugno'r ffresni allan ohono.

Petai e ac Eirlys ddim yn cael rhyw bellach, byddai hynny'n gallu bod yn esgus. Roedd eu bywyd rhywiol nhw'n dda iawn a dweud y gwir. Ond roedd arno fe eisiau rhywbeth bach yn ecstra. Ac ar ôl caru am flynyddoedd a chael dau blentyn roedd y 'rhywbeth bach ecstra' 'na wedi diflannu.

Roedd Eirlys yn bert hefyd. Yn brydferth. A gweud y gwir, Eirlys oedd y fenyw berta roedd

11

e erioed wedi'i gweld yn ei fywyd. Doedd y menywod ar y we ddim yn cymharu â hi o ran harddwch. Roedd y rhan fwya ohonyn nhw'n eitha hyll, a fydde fe ddim wedi edrych ddwywaith arnyn nhw pan oedd yn sengl.

Roedd ffantasïau menywod a rhai dynion yn hollol wahanol, meddyliodd Meic gan gymryd cnoad bach arall o foch yr afal. Roedd rhai menywod yn edrych am ddynion perffaith, golygus a sensitif. Roedd dynion yn fwy realistig. Wedi'r cyfan, beth oedd pwynt cael ffantasi am Claudia Schiffer pan oedd yna fenyw briod i lawr y stryd yn bolaheulo heb dop ac yn gwybod ei fod e, Meic, yn cerdded heibio? Roedd menywod henach neu hyllach bob tro'n fwy tebygol o'i dderbyn.

'Shwt ma fe'n dod i ben, 'te?'

Gwnaeth cwestiwn Eirlys iddo neidio ychydig. Cododd Beca ei phen ac edrych arno.

'Beth?' Am funud doedd Meic ddim yn deall cwestiwn Eirlys.

'Paul, achan.'

'Paul?'

'Meic, achan, ma dy feddwl di'n bell heddi.' Tynnodd Eirlys anadl hir cyn siarad yn araf ac yn ysgafn. 'Shwt ma Paul yn dod i ben ar ôl i Siân ei wraig ei adael e? Noson hwyr neithiwr?'

'O, na. Na, do'dd hi ddim yn noson hwyr o

gwbwl, dim ond cwpwl o beints. A rhoi'r byd yn ei le. Ma Paul yn iawn. Siân sy'n rhoi hasyl iddo ac yn pallu gadel iddo fe i weld y plant.'

'Sa i'n gwbod beth sydd wedi dod dros Siân, nadw i.' Roedd Eirlys erbyn hyn yn pwyso'i chefn ar y sinc ac yn sychu'r llestri'n fyfyriol.

'Bydd rhaid i fi roi galwad ffôn iddi, i ga'l gweld shwt ma hi.'

Rhoddodd hi'r llestri i gadw dan y sinc a thynnu Jac allan o dan ford y gegin.

'Reit, amser nofio i ti Jac ac i ti Beca. Wedyn bydd Anti Helen, ffrind Mam, yn dod draw. Ma hi ise trefnu mharti pen-blwydd i.'

'*The big THREE-O!*'

Crychodd Eirlys ei thalcen.

'O paid. Blincin hec! Fi'n mynd yn hen nawr. Dere 'ma, Jac.'

Roedd Jac yn ceisio dianc unwaith eto ac wedi dod o hyd i boli parot meddal.

'Bydda i'n mynd yn hen ac yn *saggy*, ac yn gorfod tycio 'mŵbs i mewn i dop 'y nhrowser cyn bo hir.'

Chwerthodd hi'n braf a gwenodd Meic arni.

'Be? Ti'n meddwl byddi di'n mynd yn *saggy*?'

Taflodd Eirlys y parot at ei ben gan wneud i Beca chwerthin. Cododd hi a mynd i gasglu ei phethau nofio. Gwyliodd Meic nhw gan chwarae â chalon yr afal rhwng ei fysedd.

'Welwn ni di wedyn,' meddai Eirlys a gadael gyda'r plant, yn cario llwyth o gotiau, teganau a'r cit nofio.

'Ie, wedyn,' atebodd Meic gan daflu cusan ddiog ati a meddwl sut roedd y sudd afal ar ei fysedd yn arogli mor felys â'r ferch 'na neithiwr.

PENNOD 3

Roedd Paul a Meic wrthi'n gweithio gyda'i gilydd ar un o'r ceir yn y garej. Ond roedd hi'n amlwg bod Paul yn barod i golli'i dymer gyda Meic.

'Fydde'n dda 'da fi 'se ti ddim yn blydi defnyddio fi fel *cover*, y bastad.'

Taflodd Paul y sbaner i lawr yn drwm ar y llawr.

'O *come on*, Paul...' Chwiliodd Meic yn ofer am esgus.

'*Come on?* Oes 'da ti unrhyw syniad faint o ffycin hasl fi'n ga'l achos ti?'

'Be ti'n feddwl?'

'Ffonodd Eirlys Siân i ofyn sut ma hi'n teimlo wedi i ni wahanu. Wedodd hi bod ti a fi 'di bod *off* am *boys' night away* yn blydi Manchester.'

Daeth gwên ar wefusau Meic.

'O, ti'n meddwl bod e'n gomic, wyt ti? Ti'n meddwl bod ti'n *funny man*, wyt ti?'

Roedd lliw wedi llifo i wyneb Paul a sythodd ei gefn. Diflannodd gwên Meic.

'Fi'n treial cadw'r hawl i weld 'y mhlant i, Meic. Fi'n gwbod, falle bod hynna'n meddwl ffyc ôl i ti ond pan ma *ex-wife* fi'n clywed bod fi'n "mynd bant" o hyd am *wild nights* mewn dinasoedd gyda ti, er mwyn "cheero fi lan", dyw e ddim yn edrych yn dda, ody fe? Jest gad fi mas o dy blydi gêms di, 'na i gyd fi'n ofyn i ti.'

Sylwodd Meic bod bòs y garej wedi ymddangos yn nrws y swyddfa. Edrychodd y ddau arno fe mewn tawelwch.

'Ti'n blydi gwrando?' sibrydodd Paul rhwng ei ddannedd.

Agorodd drws y swyddfa. Roedd y bòs yn edrych yn bigog.

'Popeth yn iawn fan hyn?'

Edrychodd Paul i fyw llygaid Meic.

'Iawn syr, dim problem.'

'Gwd... talu chi i reparo ceir fi'n neud, ddim i ffycin gweiddi ar 'ych gilydd.'

Rhythodd ar y ddau am eiliad cyn penderfynu'u gadael nhw'n dal wrthi.

Slamiodd y bòs y drws ar ei ôl gan wneud i galendar Pirelli gwympo oddi ar yr hoelen a syrthio i'r llawr. Edrychodd y ddau ar y llun o ferch fron-noeth yn yr olew ar y llawr a gwenodd Meic yn wan ar Paul. 'Fi yn sori, Paul.'

Roedd Paul wedi cerdded i'r orsaf betrol lan

yr hewl amser cinio i brynu sanwej. Eisteddodd Meic ar ei bwys ac agor ei focs bwyd.

'Ie wel... paid neud e 'to, 'na i gyd... Fi *on thin ice* fel ma hi. Ma uffarn o gyfreithiwr 'da hi. Real ffycin terrier. Ond 'na fe, ma hi'n blydi ennill, ac ma'r pons James 'na'n *minted*. Pan ti ar *minimum wage* ti'n cal cyfreithiwr YTS. Fe wedith y bitsh 'na sy 'da nhw unrhyw beth i beidio gadel i fi gal *access*.'

Roedd darne o foron mewn cwdyn bach ym mocs bwyd Meic. Roedd Eirlys wedi dechrau poeni am ei iechyd yn ddiweddar. Roedd hi'n ei weld e'n edrych braidd yn welw. Cnoiodd Paul gornel sych y sanwej am yn hir.

'Ti'n mynd i weld hon 'to 'te?' Roedd y cwestiwn braidd yn annisgwyl i Meic.

Agorodd Paul ei botel Coke.

Nodiodd Meic ei ben.

'Nath hi hela e-bost arall neithiwr. Ise gneud rhywbeth gwahanol y tro 'ma.'

'Sa i rili moyn gwbod.' Yfodd Paul o'r botel a gwylio'r ceir yn gyrru trwy'r pentre. Eisteddodd y ddau mewn tawelwch am yn hir. Paul yn meddwl am ei fflat newydd a Meic yn meddwl am *alibi* newydd. Taniodd Paul ffag a thaflu'r *lighter* i gyfeiriad Meic.

'Shwt wyt ti'n meddwl alli di guddio'r *habit* 'ma am byth?'

17

Tynnodd Meic yn drwm ar y ffag a gorwedd yn ôl yn yr haul gwan.

'Wel... fi wedi, hyd yn hyn.' Chwythodd y mwg allan a fflicio'r lludw ar y borfa ar bwys. 'Os ti'n ofalus, ma fe'n rhwydd. Neud yn siŵr bod ti'n dileu unrhyw e-byst. Dim rhoi rhif ffôn o gwbwl. Do's dim *trace* wedyn. Dim enwe. Dim problem.'

'Wel, bydd rhaid i ti chwilio am *alibi* arall 'na i gyd. Sa i'n lico be ti'n neud, so gad fi mas o bethe. Fi'n lico Eirlys... wastad wedi.'

'Dyw hyn ddim byd i neud ag Eirlys,' cyfarthodd Meic braidd yn amddiffynnol. 'Dyw e ddim byd i neud ag Eirlys,' meddai eto'n dawelach. Gadawodd i'w feddwl grwydro 'nôl i neithiwr, ei choesau wedi'u clymu wrth y gwely. 'Sdim byd tebyg iddo fe. Dylet ti 'i dreial e. Ma 'na gannoedd ohonyn nhw mas na yn begian amdani. Neithe fe les i ti.'

'Sa i moyn gwbod, Meic,' meddai Paul unwaith eto gan gau'r top am y botel bop.

Cododd ar ei draed a brwshio'r briwsion oddi ar ei oferôls.

'Reit, dere i ni gal bennu'r ceir 'ma, neu fe golla i 'mlydi job 'to ar ben y cwbwl. Fi'n credu bydde 'ny'n ddigon i 'mennu fi *off*.'

Caeodd Meic y bocs bwyd a dilyn ei ffrind yn

ôl i'r garej gan benderfynu y byddai'n rhaid iddo fynd i ffwrdd am noson ar ran ei fòs i chwilio am ryw bartiau ceir yn rhywle.

PENNOD 4

'YFA HWN.'

Roedd e'n penlinio o'i blaen a hithau'n sefyll mewn dillad isa du a chot ledr hir. Roedd ganddi chwip mewn un llaw. Roedd e'n noeth.

Yfodd y gwin coch a oedd mor ddwfn â lliw gwaed. Roedd hi wedi lliwio'i gwallt yn ddu y tro hwn ac wedi cyrraedd yn gynnar er mwyn goleuo canhwyllau ar hyd y stafell. Roedd y golau i ffwrdd, ac wrth iddo godi ei ben ar ôl yfed y gwin, fe ddaeth y chwip i lawr yn drwm ar ei ysgwyddau.

'Hei! Paid â gadael marciau!'

Roedd ôl y chwip wedi gadael llinell yn llosgi'n braf ar ei groen.

'Ca dy ben,' meddai hithau â'i llais yn ddwfn.

Roedd y gwin yn gryf a'r chwipiadau mor braf nes iddo benderfynu ei bod hi'n werth osgoi cysgu gydag Eirlys am sbel a chuddio'r marciau. Gallai wneud esgus yn hawdd. Nid menywod yn unig oedd yn medru cael pen tost weithiau. Roedd hi'n gwisgo sgidiau uchel â'u sodlau fel nodwyddau. Cerddodd o'i amgylch ac fe aeth y cyfan yn dywyll wrth iddi glymu sgarff sidan am ei lygaid.

Roedd y plant gyda'u mam-gu am y penwythnos ac Eirlys wedi mynd at Siân er mwyn ei chysuro. Roedd Eirlys hyd yn oed wedi teimlo trueni dros Meic am fod ei fòs yn ei orfodi i fynd i ffwrdd i weithio am y penwythnos.

Teimlodd wêr y canhwyllau yn glawio'n boeth i lawr ar ei groen ac yna'n caledu'n ddisgiau crwn. Roedd y cwpan yn cael ei wthio at ei wefusau unwaith eto.

'Yfa hwn.'

Doedd dim iws peidio ac fe agorodd ei geg wrth iddi arllwys y gwin melys i lawr ei gorn gwddw. Roedd hwn yn brofiad gwahanol – roedd e'n ysu am gael gafael ynddi go iawn, ac fe ddechreuodd ei ddwylo ymbalfalu amdani.

Tynnodd ei fwgwd. Roedd lliwiau tywyll yr ystafell yn troi a theimlodd amdani trwy'r niwl. Byddai hi'n ei chwipio wrth iddo ddod yn agosach ati. Roedd hi wedi tynnu'i dillad.

Roedd ei chorff yn dechrau teimlo'n gyfarwydd iddo ac fe wyddai na fyddai'n ei gweld hi eto. Unwaith roedd y newydd-deb wedi mynd, roedd yn rhaid symud ymlaen. Roedd cnawd yn mynd yn hen yn gyflym ac fe fyddai'n newid yn rheolaidd, neu'n gweld sawl un ar yr un pryd, i wneud yn siŵr bod menyw ffres ar gael o hyd.

Roedd ei e-bost wedi dweud cymaint roedd hi wedi mwynhau y tro dwetha a'i bod hi eisiau ei ddominyddu ef y tro hwn. Roedd pethau'n dechrau mynd yn niwlog a'i gorff cyfan yn ymlacio. Gwyliodd hi'n symud o'i gwmpas a'i lygaid yn dechrau mynd yn drwm. Suddodd i mewn i'w synhwyrau trymion a gadael i'r gwin melys a'i chorff ei gofleidio.

Cnociodd Meic ar ddrws y fflat diflas yr olwg. Clywodd gi'n cyfarth yn y fflat islaw a rhywun yn gweiddi arno i fod yn ddistaw. Roedd ei galon yn ysgafn ar ôl cysgu'n sownd yn y gwesty ac roedd pob angen ynddo wedi'u tawelu am y tro. Roedd e hyd yn oed wedi cael amser i brynu anrheg i Eirlys ar gyfer ei phen-blwydd yn un o'r siopau mawr yn y ddinas cyn dechrau am adre. Clywodd sŵn traed a daeth Paul i'r golwg. Roedd e heb siafio.

'O, ti sy 'na,' meddai gan gerdded yn ôl i berfeddion y fflat gan adael y drws ar agor.

'*Charming,*' atebodd Meic. Cerddodd i lawr y pasej tywyll gan grychu'i drwyn.

'Blydi hel! Ma hi'n drewi fan hyn.'

'Sori… *butler's day off.*'

Roedd Paul wedi mynd 'nôl i eistedd ar y

soffa yn ei ystafell fyw fach. Roedd hi'n wag yn y fflat. Yn uffernol o wag ond am rybish bwyd y têc-awê oedd dros y llawr. Sylwodd Meic fod yna flanced ar y soffa.

'Fan hyn ti'n cysgu?'

Edrychodd Paul arno. Roedd ei lygaid yn goch fel petai e wedi bod ar bendyr y noson cynt.

'Wel... *funnily enough*... roiodd Siân ddim un o'r gwelyau i fi pan giciodd hi fi mas. A 'set ti ddim wedi bod mor fishi gyda dy *secrets* bach, fyddet ti wedi bod draw 'ma ynghynt.'

Edrychodd Meic ar y llawr gan deimlo'n euog. Doedd e ddim wedi sylweddoli bod pethau mor ddrwg â hyn ar Paul. Tynnodd Paul anadl hir cyn meddalu.

'Sori, mêt... cymer hwn.' Gwthiodd Paul gan o Fosters tuag ato. Roedd casgliad ganddo wrth y soffa. Aeth Meic i eistedd wrth ei ochor. Roedd y teli bach portabl yn tagu ar ei luniau'i hun yn y cornel. Sylwodd Meic mai fideo porn oedd arno. Roedd y ddau'n dawel am rai eiliadau.

'So... ti'n mynd i weld hi 'to, 'te?'

'Miss XXX?' gofynnodd Meic â hanner gwên. 'Na... *old news* nawr... Neis tra parodd e, cofia... Ma'r un nesa yn *lined up*... Ma honno'n ifancach.'

Yfodd Paul yn ddwfn o'i gan ac edrych ar yr

hen olion pitsa yn y bocs ar y llawr.

'Blydi hel, Meic... be ffwc sy wedi digwydd i ni?'

Cymerodd Meic ddracht o lagyr hefyd.

'Be ti'n feddwl?'

'Christ almighty... saith mlynedd yn ôl o't ti'n *best man* i fi, achan. O'dd 'da ni bob o wraig blydi lyfli a phlant ar y ffordd. Nawr, fi fan hyn yn bwyta ffycin Cwic Sêf *ready meals* a tithe'n mynd off bob wîcend i shelffo rhyw slapyrs ti'n ffindo ar y we!'

Dechreuodd llais Paul dorri'n chwerthiniad chwerw.

'A'r jôc yw, sa i wedi neud dim byd. Ngwraig i sy wedi ffindio rhywun arall ac ma'r bastard ise chware Dadi. Ac ma dy wraig di wedi bod yn cysuro ngwraig i neithwr, tra bo ti'n shaggo rhyw hen hwren lan yn Manchester!'

Dechreuodd Meic chwerthin hefyd.

'Wel... un peth sydd,' meddai Paul a'i gan o Fosters yn tasgu i bobman ar ei fola wrth i'w chwerthin gynyddu... 'allith hi ddim mynd yn waeth!'

Roedd Meic hefyd yn chwerthin yn uchel erbyn hyn, a'r ci yn y fflat oddi tano wedi dechrau udo mewn cydymdeimlad.

PENNOD 5

Roedd Eirlys wedi codi'n gynnar er mwyn casglu'r cardiau oddi ar fat y drws ffrynt. Roedd hi wedi rhedeg i lawr y grisiau'n canu 'Pen-blwydd hapus i fi... pen-blwydd hapus i fi! Pen-blwydd hapus i fiiiiiiiii, Pen-blwydd hapus i fi!' cyn cofio ei bod hi'n dri deg a bod hynny'n rhywbeth roedd hi wedi bod yn poeni amdano ers misoedd. Roedd mam Eirlys wedi cymryd y plant am ryw ddeuddydd er mwyn iddi hi a Meic gael treulio'r dathliadau gyda'i gilydd.

Daeth Meic i lawr y grisiau ar ei hôl. Roedd hi'n sefyll wrth ford y gegin yn dal llond llaw o gardiau.

'Wel? Ti'n teimlo'n wahanol 'de?'

Roedd hi'n gwisgo'i dresing gown gwyn a dillad isa bachgennaidd gwyn oddi tano.

Meddyliodd Eirlys am eiliad. 'Na... sa i'n credu bo fi... Beth yw enw fi 'to? O god, *senile dementia* wedi dechre. Bydd rhaid iti roi fi mewn cartre henoed cyn hir.'

Dechreuodd Meic dynnu coes. 'Ti'n iawn... well i ni ddysgu ti shwt ma defnyddio'r *zimmer frame*.'

25

Gosododd y cardiau i lawr ar y ford, bob yn un, heb eu hagor. Roedd hi'n nabod yr ysgrifen ar bob un.

'Mam... Anti Lou... Helen... Betia i di bod honna'n rŵd... Merched gwaith... *ditto*... Mam-gu a Dad-cu... a... sa i'n siŵr.'

'Ti ddim yn mynd i'w hagor nhw, te?' Gwenodd Meic arni.

'Na, dim 'to,' meddai wrth lenwi'r tegil. ''Na i safio 'ny at wedyn fel trît. Ac eniwê, fi ise agor y pethe mwya ecseiting gynta.'

Eisteddodd Meic ar y soffa yn ei ddresing gown gan ei gwylio'n ddiniwed. Roedd ei law yn ei boced.

'Meic!' meddai hi'n chwareus gan anghofio chwilio am ddau fŷg. 'Beth sy 'da ti fanna?'

Cododd Meic ei aeliau'n uchel. 'Presant a charden i ti, wrth gwrs! O't ti'n disgwyl presant, on'd o't ti?'

Cerddodd Eirlys tuag ato ac eistedd yn ei gôl gan ddechrau ei bwnio'n chwareus.

'Oi! Gei di ddim byd os ti'n gas,' chwarddodd gan amddiffyn ei hunan.

Cododd Eirlys ac edrych arno'n styrn gyda'i dwylo ar ei gwast.

'Ocê, ocê!' estynnodd Meic law i boced ei ddresing gown a thynnu bocs bach oddi yno.

Lledodd gwên lydan ar hyd wyneb Eirlys a

daeth dagrau i'w llygaid.

"Co ti ...'

Cydiodd hi yn y bocs bach ac aros yn hir cyn ei agor. Un fel 'na oedd Eirlys. Yn hoffi blasu pob pleser yn hir, hir a gwneud y mwya o bethau. Agorodd y bocs yn ara bach, bach. Goleuodd ei llygaid wrth iddi weld y fodrwy tu mewn.

'Meic! Faint gostodd hon i ti?'

Cododd ar ei draed i edrych arni.

'Paid ti â becso am ryw bethe bach fel 'na.'

Neidiodd tuag ato a chydio ynddo'n dynn, dynn.

'Oi! Ti'n mynd i fogi fi os na watshi di!'

Neidiodd hi i fyny ac i lawr am ychydig cyn rhoi'r fodrwy am ei bys yn dawel.

'*Eternity ring* wedodd y fenyw yn y siop oedd hi,' meddai gan gusanu ei llaw.

'Ma hi'n lyfli,' meddai hi eto wrth wasgu yn ei erbyn i'w gusanu. Cydiodd Meic ynddi a'i chodi nes bod ei choesau'n gylch am ei ganol a'i chusanu'n ôl cyn ei rhoi i orwedd ar y soffa.

Ar ôl i Meic fynd i fyny'r grisiau i gael cawod, fe gododd Eirlys yn gysglyd oddi ar y soffa a'i bochau'n binc wedi cyffro'r bore. Rhoddodd y tegil ymlaen eto er mwyn cael paned ac eistedd wrth y bwrdd i agor y cardiau'n ara bach.

Tynnodd bob un yn ara o'u hamlenni a gwenu wrth eu darllen a'u gosod yn ofalus, ofalus ar y dreser. Daeth at yr un ola a'i hagor. Doedd hi ddim yn nabod y sgrifen ar yr amlen. Agorodd y garden. Dim ond pennill bach wedi ei brintio fel arfer a chusanau ond dim enw. Anti Vi, mwy na thebyg. Roedd hi yn y cartref henoed ers blynyddoedd erbyn hyn a ddim yn cofio'i henw'n aml. Gwenodd ar y rhes o gardiau oedd yn gwneud y dreser mor lliwgar. Yna cofiodd bod yn rhaid iddi hastu. Roedd hi'n mynd i'r dre i wneud ei gwallt cyn mynd allan i'r bwyty posh roedd Helen wedi'i drefnu ar gyfer swper y dathlu.

PENNOD 6

Roedd y swper i ddathlu pen-blwydd Eirlys yn mynd i fod yn lletchwith; roedd pawb yn gwybod hynny. Helen fel ffrind gorau Eirlys oedd wedi trefnu, ac roedd hi wedi gwahodd Siân a'i phartner newydd, James. Wrth gwrs, roedd Eirlys eisiau i Paul fod yno. Roedden nhw wedi bod yn ffrindiau erioed; doedd hi ddim eisiau cymryd ochr neb. Dyma'r tro cynta y byddai Paul a James yn cwrdd yn swyddogol ond, chwarae teg i Helen, roedd hi wedi llwyddo i'w gosod nhw i eistedd mor bell â phosib oddi wrth ei gilydd wrth y ford. Roedd Helen a'i gŵr, Dai, yn eistedd bob ochr i'r ford, yna Siân a James, Eirlys a Meic ac yna Paul. Edrychodd Eirlys yn betrusgar ar y sedd wag gyferbyn â Paul.

'Fel *musical blydi chairs,* on'd yw hi?' oedd sylw Paul gan ddilyn ei llygaid.

Buodd Eirlys wrthi am rai oriau'n penderfynu beth i'w wisgo. Yn ddiweddar, doedd hi ddim yn gwybod beth oedd yn ei siwtio hi. Roedd hi'n dal yn ifanc ac yn denau, ond eto roedd hi'n fam ac yn athrawes feithrin ddau ddiwrnod yr wythnos. Yn y diwedd, fe setlodd ar drowser du a thop gyda rhyw sbarcyl o gwmpas y gwddwg. Roedd y fenyw trin gwallt wedi cwrlo'i gwallt melyn hir yn donnau ac roedd rheini'n sgubo dros dop ei chefn wrth iddi symud.

Wrth i Meic dynnu'r gadair allan er mwyn i Eirlys gael eistedd, fe'i daliodd hi'n edrych ar y fodrwy newydd ar ei llaw chwith. Sylwodd Paul hefyd.

'Honna'n newydd?'

Daeth lliw i'w bochau'n syth. Nodiodd ei phen yn swil.

'Neis iawn, Meic!' meddai Paul gan edrych i lygaid Meic.

'Ma hi,' cytunodd Eirlys yn dawel. Tynnodd Meic y napcyn bach allan o'r gwydr gwin a'i daenu ar draws ei gôl tra oedd y merched eraill i gyd yn mynnu cael gweld y fodrwy.

'Bob tro ma fe'n prynu rhywbeth neis i fi, fi'n gofyn iddo fe, be ti moyn? Be ti 'di neud? Ne be ti'n mynd i neud?'

Chwerthodd y merched i gyd a gwnaeth Meic yn siŵr ei fod yn osgoi llygaid Paul.

'Ma honna siŵr o fod wedi costio ffortiwn,' meddai Siân yn methu ag anadlu bron, gymaint oedd hi'n edmygu'r fodrwy.

Clywodd Paul sylw James, 'Ti'n neud yn o lew,

'te!' Siarad â Meic oedd e ond Paul gynhyrfodd.

'Dim mor dda â rhai pobl chwaith. Ma Meic a fi'n gweitho'n galed am ein harian. Ddim ponsan ambwytu mewn siwt a pwsho papur ar hyd y lle.'

Rhythodd Siân arno. Roedd Meic yn ceisio cuddio gwên fach.

'Beth am ddewis bwyd, 'de?' holodd Helen i achub y sefyllfa.

'Ie, syniad da,' meddai Dai, ei gŵr, gan ffeindio'r fwydlen yn hynod o ddiddorol yn sydyn reit.

Roedd y bwyty'n un newydd gyda'r golau gwan ffasiynol yna sy'n sgrechian 'ŷn ni'n rhy cŵl i orfod gweld lle ry'n ni'n mynd'. Prysurai'r gweinyddion ar hyd y lle wedi'u gwisgo mewn du, ac roedd y bwyd yn fach, fach ar blatiau mawr gwyn ac yn rhyw *fusion* o ryw fath o fwyd gyda bwyd arall. Oherwydd ei bod hi'n nos Wener, roedd hi'n llawn gyda nifer o bobl leol allan am ddrinc jest er mwyn cael eu gweld yno.

'Sut ma hi'n teimlo i gyrraedd y *big three-O*, 'de?' gofynnodd James i Eirlys gyda gwên-awyddus-i-blesio.

Sylwodd Meic ar Paul yn cymryd dracht go ddwfn o'r lagyr o'i flaen. Tasgodd y cwrw allan o'i geg.

'Blydi hel! Beth yw'r crap 'ma?'

'*Designer beer*, Paul,' atebodd Siân a'i haeliau'n uchel, 'ond 'na fe, ti ddim yn gyfarwydd â dim byd *designer* wyt ti?'

Gwenodd James.

Sylwodd Meic fod James yn edrych yn henach nag roedd e wedi'i ddychmygu. Roedd yn anodd dweud yn y tywyllwch, ond roedd ei wallt yn britho a'i siwt mor siarp fe allai dynnu gwaed. Roedd Meic wedi bod yn pendroni ynglŷn â sut fath o foi oedd wedi cymryd lle ei ffrind gorau. Gwyddai pawb fod pethau ddim wedi bod yn dda rhwng Paul a Siân ers i'r plant gyrraedd. Rhai'n dweud iddyn nhw gael y plant er mwyn ceisio achub y berthynas, ond doedd neb wedi meddwl y bydden nhw'n gwahanu – ac yn bendant ddim dros y penwythnos fel y gwnaethon nhw. Un munud, roedden nhw'n cerdded yn y parc gyda'r plant. Y funud nesa, roedd Siân yn cyfadde ei bod hi wedi cyfarfod â rhywun arall yn y gwaith, wedi cicio Paul allan a'r boi newydd wedi symud i mewn.

Roedd Eirlys yn dal i feddwl mai rhyw berthynas i lanw amser oedd James ac y byddai Siân yn sylweddoli ei chamgymeriad. Ond, dri mis yn ddiweddarach, roedden nhw'n dal gyda'i gilydd. Roedd Siân yn dweud yn blaen ei bod hi wedi gwneud mistêc mawr gyda Paul ac yn gwybod yn union beth roedd hi'n chwilio amdano mewn partner newydd. Roedd hynny'n gwneud sens, meddyliodd Eirlys, wrth i'r *starter* lleia yn y byd lanio o'i blaen. Mor aml roedd hynny'n digwydd. Rhywrai'n caru am bymtheg mlynedd, yn gorffen ac yna'n priodi rhywun arall o fewn chwe mis.

Wrth iddo dynnu'i siaced fe deimlodd Meic bod ei fywyd e'n weddol syml o'i gymharu â phawb arall. Roedd Paul yn ceisio dal sylw un o'r gweinyddion unwaith eto, yn amlwg yn dechrau cael blas ar y lagyr *designer.*

Erbyn tua hanner nos, roedd y lle'n dechrau gwacáu. Roedd Helen a Dai a Siân a James yn sôn am drefnu mynd am wyliau gyda'i gilydd ac Eirlys yn dechrau mynd yn uchel ei chloch ar ôl cymaint o win gwyn. Cyn cael y plant fe fyddai hi wedi medru yfed unrhyw un o dan y ford, ond roedd hi wedi colli'r sgìl honno ac yn cochi ac yn chwerthin erbyn hyn ar ôl rhyw dri gwydred. Cododd Meic ei aeliau arni fel petai'n teimlo'n embaras drosti. Roedd y lagyr wedi llacio'i ysgwyddau e hefyd ac ar ôl sbel dyma fe'n tynnu Eirlys tuag at y llawr dawnsio. Roedd yna ddyn yn chwarae piano'n dawel a rhai parau wedi bod yn siglo'n araf i'r gerddoriaeth. Wrth gydio ynddi, fe droiodd i weld Paul yn gweiddi am beint arall o lagyr, ac yn ceisio cynnu ffag cyn i weinyddes ddweud wrtho nad oedd hawl smygu yn y bwyty. Clywodd Meic e'n gweiddi braidd yn uchel ac yn uwch na'r gerddoriaeth, 'Talu trwy dwll dy din i ddod 'ma a ffaelu enjoio.'

Pwysodd Eirlys ei phen ar ysgwydd Meic gan wenu.

'Ti wedi mwynhau?' gofynnodd e gan arogli ei phersawr cyfarwydd.

'Odw i!' meddai gan chwerthin cyn i Meic stopio'n stond yn ei unfan.

Trwy'r gwyll fe welai ffigwr ym mhen pella'r bar. Roedd hi'n eistedd ar un o'r stolion uchel. Miss XXX. Edrychodd hi i mewn i lygaid Meic a wincio cyn codi, gwisgo'i chot a cherdded allan. Cododd Eirlys ei phen i edrych ar ei wyneb gwelw.

'Be sy'n bod? Ti wedi stopio... Meic?... Meic?'

Roedd ei wddf yn sych a chwys oer yn llifo ar hyd ei gefn.

'D... d... dim byd,' meddai'n dawel gan droi ei gefn at y drws a dechrau siglo unwaith eto, gan dynnu Eirlys yn dynnach tuag ato. Setlodd hithau ei phen yn ôl ar ei frest.

'Fi'n caru ti... Ti'n gwbod 'na, on'd wyt ti?' medde fe wrthi.

PENNOD 7

DOEDD MISS XXX DDIM wedi ymateb i e-bost Meic. Ddaeth dim byd oddi wrthi, dim ond yr un neges. Stafell 34, Gwesty, 10 pm Mercher nesa. Dyna'r neges roedd e'n ei derbyn yn ôl o hyd. Roedd pymtheg ohonyn nhw ar ei gyfrifiadur erbyn hyn. Roedd e wedi anfon neges hir ati yn dweud faint roedd e wedi mwynhau ei chyfarfod ond bod rhaid i'r berthynas ddod i ben. Dyna oedd natur y wefan a'r 'rheolau'. Ond yr unig ateb ddaeth yn ôl oedd yr un neges unwaith eto, Stafell 34, Gwesty, 10 pm Mercher nesa.

Roedd Meic wedi meddwl cael gair gyda Paul ond roedd gan hwnnw hangofyr, ac roedd e wedi gwrthod ateb drws y fflat trwy ddydd Sadwrn. Roedd Meic yn gwybod na fyddai llawer o gydymdeimlad gyda fe, beth bynnag. Roedd ei gweld hi wedi bod yn sioc – ond wedyn, efallai mai cyd-ddigwyddiad neu anlwc pur oedd y cyfan. Roedd hi'n union yr un peth â'r lleill. Gallai ef fwydo rhyw gachu iddi yn pwysleisio pa mor 'sbesial' oedd eu hamser nhw wedi bod gyda'i gilydd ond bod rhaid i bopeth da ddod i

35

ben, ac yn blaen, ac fe fyddai popeth yn iawn. Roedd e wedi cael tamed bach o drwbwl gydag un cyn hyn, felly dim ond rhyw air wyneb yn wyneb oedd eisiau ac fe ddylai hynny wneud y tro. Fe allai e hyd yn oed gysgu gyda hi am y tro ola. Dyna oedd e wedi'i wneud gyda'r llall a chwerthin yr holl ffordd adre.

Roedd gwaith wedi cadw'i feddwl oddi ar yr holl beth ddechrau'r wythnos, ond bu'n rhaid iddo fe roi rhyw stori fowr i'r bòs ynglŷn â mynd ag Eirlys at ryw *specialist* yn y dre oherwydd ei 'chefn', neu rywbeth. Fe gododd Paul ei ben o dan fonet car cyfagos pan glywodd y stori, cyn tynnu anadl hir a mynd yn ôl at ei waith. Fyddai ganddo fe ddim diddordeb yn stori Meic, beth bynnag. Felly fe gododd Meic ei ysgwyddau arno gydag edrychiad 'beth alla i neud' ac aeth y bòs yn ôl i'w swyddfa.

Roedd menywod yn rhyfedd, meddyliodd, wrth orffen ei waith am y dydd. Problemau fel hyn fyddech chi'n gael gyda nhw mewn bywyd go iawn. Rhyw hasyl o hyd, a dyna pam oedd y gwefannau 'ma'n apelio gymaint. Ffantasi ac ychydig bach o berygl heb y crap emosiynol. Ond dyna fe, roedd e wedi cael llwyth o sbort dros y blynyddoedd diwetha, ac roedd ambell i broblem yn bownd o godi.

Tynnodd Meic y *shutters* i lawr ar y garej a

chydgerdded gyda Paul yn ôl i ganol y pentre.

'Ti'n dod am beint?' gofynnodd hwnnw.

'Bydde'n well i ti fynd am bryd o fwyd teidi yn hytrach na peint,' atebodd Meic wrth edrych arno o'i gorun i'w draed. 'Ti'n edrych yn uffernol.'

'Ie, wel...'

'Na, ma rhaid i fi fynd i ddal y trên.'

'O's e nawr?' gofynnodd Paul gan siglo'i ben.

Agorodd Meic ei geg i ddweud rhywbeth ond torrodd Paul ar ei draws, 'Sa i moyn gwbod, Meical. Ti'n ffycin ffŵl.'

Trodd ar ei sawdl a gwyliodd Meic e'n mynd. Yn sydyn, cafodd Meic y teimlad anghyfarwydd o ansicrwydd. Yna sythodd ei gefn, lledu'i ysgwyddau, a cherdded tuag at yr orsaf.

Pwysodd Meic ei ben yn erbyn ffenest y trên a llyncu aer wrth iddyn nhw fynd i mewn ac allan o'r twneli oedd yn amgylchynu'r ddinas. Roedd hi'n wag ar y trên a phawb wedi mynd adre i'w cartrefi, at eu gwragedd a'u plant. Roedd yna ddau arall yn y goets; rhyw feddwyn yn cysgu'n swnllyd ar un o'r seddi hirion a myfyriwr oedd yn ceisio cadw'i hun iddo fe'i hunan. Gwenodd hwnnw unwaith ar Meic wrth i'r meddwyn ddechrau siarad â fe'i hunan yn ei gwsg. Fflachiodd goleuadau'r ddinas heibio y tu ôl i oerfel y ffenest. Meddyliodd Meic am Eirlys gartre yn y gwely. Fe fyddai'r plant yn y gwely nawr, wedi cael stori ac fe fyddai hithau'n mynd i'r bath er mwyn socian yn ei hoff olew lafant, cyn mynd i'r gwely i gysgu'n sownd.

Teimlodd ryw dwtsh bach o hiraeth yn gymysg â rhyw deimlad pigog o orfod dod allan i ddelio gyda Miss XXX. Roedd Eirlys yn meddwl mai gyda Paul oedd e.

Roedd e'n gwybod y byddai Paul yn mynd yn nyts petai e'n gwybod ei fod e wedi'i ddefnyddio fel *alibi* unwaith eto, ond roedd amser wedi bod yn brin iddo fe allu creu esgus gwell yn ymwneud â'r gwaith. A dyma'r tro diwetha y byddai'n gwneud hyn am sbel, beth bynnag. Roedd y ferch arall oedd e wedi'i leinio i fyny wedi dechrau cael traed oer.

Dihunodd y trempyn a throi drosodd. Dechreuodd sŵn y trên arafu a daeth yr orsaf i'r golwg. Gallai fod yn y gwesty yn cael gwared ar y ferch 'ma o fewn hanner awr, mynd i westy arall i gysgu a bod adre ar y trên cynta am bump. Tynnodd ei hun allan o'i sedd a sefyll tu fewn i ddrws y trên yn disgwyl iddo arafu. Clync clync... clync clync... clync clync. Roedd y meddwyn wedi mynd yn ôl i gysgu. Teimlodd bwysau ei gorff yn cael ei dynnu i'r naill ochr am eiliad wrth i'r trên ddod i stop. Cydiodd yn y drws i sadio'i hun cyn agor y ffenest er mwyn cydio yn y ddolen ar yr ochr fas.

Roedd hi'n noson oer a gwres yr haf wedi diflannu. Gwthiodd ei ddwylo i mewn i'w bocedi a cherdded y deng munud i'r gwesty. Roedd cyrraedd dinas yn braf i rywun o bentre. Dyna efallai pam dechreuodd e'r holl beth yn y lle cynta. Roeddech chi'n gallu camu oddi ar drên mewn dinas, a fydde dim un diawl yn becso pwy oeddech chi nag i bwy roeddech chi'n perthyn. Roedd e'n medru bod yn unrhyw un yn y byd, ac fe fyddai'n teimlo'r pwysau'n codi oddi ar ei ysgwyddau wrth iddo doddi'n anweledig i'r dorf.

Dringodd y grisiau i'r *foyer* ac fe nodiodd ar y fenyw dew oedd yn smygu y tu ôl i'r cownter. Wnaeth hi ddim hyd yn oed ei gydnabod, dim ond dal ati i ddarllen ei chylchgrawn. Dechreuodd ddringo'r grisiau cyfarwydd gan adrodd ei araith yn ei ben. Teimlodd godiad yn cyffroi yn ei drowser hefyd. Roedd yr atgofion am y gwesty yma'n ddigon i'w gynhyrfu, a'r ffaith ei fod yn troedio'r un coridorau yn ddigon i godi awch arno. Erbyn hyn roedd e'n gobeithio y galle fe gysgu 'da hi am y tro ola heno.

Gwasgodd ei glust wrth y drws unwaith eto. Doedd dim sŵn y tu mewn. Cnociodd yn ysgafn ac edrychodd o'i gwmpas. Doedd neb ar hyd y lle heno eto. Roedd hi'n dawel. Cydiodd ym mwlyn y drws a'i agor. Roedd hi'n dywyll y tu fewn. Ymbalfalodd ar bwys y drws am y switsh gole a'i glicio. Ddaeth dim golau. Roedd y bylb wedi chwythu. Edrychodd o'i gwmpas.

'Helô?'

Dim ateb.

'Helô?'

Cerddodd ymhellach i mewn i'r ystafell. Roedd y teledu ymlaen a'r cyrtens wedi'u cau.

'Helô?'

Dim byd. Aeth i edrych yn y stafell molchi. Dim byd.

Aeth rhyw don o ryddhad trwy ei gorff. Roedd hi'n amlwg wedi newid ei meddwl ac wedi teimlo embaras a heb ddod i'r gwesty. Ymlaciodd ei gorff, ac aeth at y ffenest er mwyn agor y cyrtens pan neidiodd wrth glywed sŵn yn dod o'r teledu. Aeth yn ôl i edrych. Ffliciodd y sgrin yn ddu a gwyn ac, yn sydyn, roedd yna lun o'r ystafell roedd e'n sefyll ynddi ar y teledu.

Fe ddrysodd yn llwyr ac edrych o gwmpas. Yna fe welodd ffigwr yn cerdded ar hyd y llawr ar y sgrin fach. Hi, mewn sodlau. Clywodd gnoc ar y drws a gwelodd ei ffigwr ef yn dod i mewn a'i gwasgu yn erbyn y wal yn ei falaclafa.

Neidiodd ei galon. Gollyngodd ei hun yn ara
bach i eistedd wrth ochr y gwely. Gwyliodd ei
hun yn gwthio'r ferch ar y gwely, a gwneud
iddi dynnu'i dillad tra oedd e'n tynnu rhaffau
o'i fag. Wrth iddi dynnu'i dillad, dyma'r llun ar
y sgrin yn dod yn gliriach. Gwyliodd ei hun yn
tynnu'i falaclafa, ac roedd ei wyneb yn hollol
amlwg ar y tâp.

Roedd ei gorff yn crynu, nid oherwydd y
cyffro ond o ofn pur. Cododd i dynnu'r tâp o'r
peiriant, ac fe sylwodd ar amlen ddu ar ben y
teledu. Â'i ddwylo'n crynu a'i feddyliau'n llifo
i bobman, fe roddodd fys dan gesail yr amlen
a'i hagor. Edrychodd ar y cerdyn â'i lygaid yn
lledu.

TREISIWR
XXX

PENNOD 8

TALODD MEIC Y DYN tacsi gyda sawl papur hanner can punt cyn rhedeg i fyny'r llwybr i'r tŷ. Roedd hi'n dri y bore a'r cyfan yn dywyll. Roedd e wedi llwyddo i losgi'r tâp a'r amlen mewn bin sbwriel mewn parc ar bwys y gwesty. Disgrifiodd Miss XXX i'r fenyw tu ôl i'r cownter yn y gwesty, ond ysgydwodd honno ei phen yn styfnig. Doedd hi ddim eisiau dechrau cario clecs. Dyna oedd y drefn mewn gwesty lle gallai rhywun hurio stafelloedd wrth yr awr. Roedd hi'n amlwg yn grac am rywbeth, rhyw nytar rywbryd o'r blaen, siŵr o fod, wedi creu trafferth. Fe benderfynodd Meic y byddai hi'n saffach dal tacsi adre i wneud yn siŵr bod Eirlys a'r plant yn iawn.

Agorodd y drws yn ara bach cyn troi golau'r gegin arno a cheisio bod yn dawel, rhag rhoi ofn i Eirlys petai hi'n dihuno ac yn dod i lawr y grisiau. Doedd hi ddim yn ei ddisgwyl yn ôl.

Roedd ei feddwl wedi bod yn eitha clir ers iddo adael y gwesty. Roedd e'n dda mewn sefyllfa fel 'na. Roedd e'n gwybod bod rhaid iddo ddinistrio'r tâp er, yn sicr, fe fyddai copi ganddi hi. Byddai'n rhaid iddo fynd adre'n syth, wrth gwrs, i wneud yn siŵr nad oedd hi yno. Gallai Miss XXX fod wedi trefnu'r cwbwl, wedi creu cynllun i'w gael e allan o'r ffordd am dipyn. Dechreuodd gerdded llawr y gegin â'r meddyliau a'r posibiliadau'n corddi yn ei ben. Roedd ei hymddangosiad yn y bwyty ddim yn gyd-ddigwyddiad, felly. Roedd ei gorff yn oer, er bod y gwres canolog ymlaen yn y gegin. Gallai ei e-bostio hi eto neu fynd i gyfarfod â Miss XXX er mwyn esbonio iddi. Efallai gallai ofyn yn neis iddi, rhoi rhyw *sob story* iddi am ei deulu neu rywbeth. Roedd e'n chwys oer ac yn methu'n lân â chynhesu. Neu fe alle fe hala ofon arni. Ei bygwth hi. Rhoi'r un drinieth iddi hi ag roedd hi'n ei roi iddo fe. Na.

Roedd y lluniau ar y tâp wedi bod yn ailchwarae yn ei feddwl ers iddo adael y gwesty. Byddai unrhyw gwrt yn y byd yn gallu'i gyhuddo a'i gael yn euog ar sail y tâp yna. Roedd ei wyneb mor amlwg. Ond doedd ganddo fe ddim tystiolaeth i brofi ei fod yn ddieuog, oherwydd ei fod wedi dileu pob trefniant a phob e-bost. Doedd dim ganddo fe i brofi ei fod e a Miss XXX wedi trefnu pob dim ar y cyd. Fydden nhw'n siŵr o archwilio pob dim. Wedyn fe fydde'r cwbwl yn dod i'r amlwg ac fe fydde fe'n colli popeth – ei wraig, ei blant a'i waith.

Meddyliodd am Paul yn ei fflat gwag. Pwniodd ei ddyrnau yn erbyn ei gilydd. Roedd hi'n dywyll tu allan. Y bitsh ddiawl! Beth uffarn oedd yn bod arni? Ceisiodd dynnu anadl hir er mwyn arafu'i feddyliau a'i galon. Roedd e'n nabod menywod yn eitha da. Byddai'n rhaid iddo ddefnyddio seicoleg yn ei herbyn. Beth oedd arni hi eisiau? Hala ofon arno fe, yn amlwg. Cael pŵer drosto fe. Roedd rhywun wedi dwyn ei phŵer hi cyn hyn. Ei bwrw hi, efallai, neu ei threisio hi? Ond pam byddai hi eisiau ail-fyw hynna mewn ffantasi?

Meddyliodd eto am bob dim, gan rwbio'i freichiau wrth geisio cynhesu. Byddai'n rhaid gwneud iddi feddwl ei bod hi wedi ennill. Ei bod hi'n gryfach na fe, efallai. Fod arno fe ei hofon hi. Fyddai hi'n ei adael e i fod wedyn? Ond roedd rhywbeth arall yng nghefn ei feddwl. Roedd hi wedi cynllunio'r holl beth. Roedd hynny'n amlwg, gan ei bod wedi eu ffilmio nhw gyda'i gilydd. Lle roedd hi wedi cuddio'r camera?

Gwelodd olau'r landin yn cael ei gynnu a llais meddal o ben y grisiau yn gofyn,

'Meic? Meic? Ti sy 'na?'

Llyncodd Meic ei boer a cheisio casglu'i feddyliau.

'Meic?'

'Ie, bêb. Fi sy 'ma.'

Daeth hi i lawr y grisiau yn ara bach a chwsg yn ei llygaid a'i gwallt dros y lle i gyd. Roedd e'n ame ei bod wedi mynd i'r gwely â'i gwallt yn wlyb yn syth o'r bath.

'Helô, bach,' meddai hi gan gydio ynddo. 'Be ti'n neud adre? Www ti'n oer.'

'O'n i'n ffaelu aros bant,' dwedodd Meic gan gydio ynddi. Sylweddolodd mai dyna'r peth mwya gonest roedd e wedi'i ddweud wrthi ers misoedd.

'Wel, 'na neis. Dere i'r gwely, 'te,' meddai hi'n gysglyd, gan droi ac agor ei cheg wrth ymestyn ei breichiau ychydig bach.

'Shwt ddest ti adre?' gofynnodd hi ar ôl stopio ar waelod y stâr.

'Tacsi.'

'O'dd hwnna bownd o fod wedi costu ffortiwn!'

'Ti werth e,' meddai Meic gan adael i'r geiriau lifo oddi ar ei dafod yn ddifeddwl. 'Fe fydda i lan nawr. Gad i fi weindio lawr tamed bach. Ma hi 'di bod yn ddiwrnod hir.'

Gwyliodd hi'n mynd i fyny'r grisiau a'i llais yn tawelu Beca yn y pellter. Roedd hi wedi dihuno oherwydd y golau ar y landin.

Doedd dim dewis. Byddai'n rhaid iddo fe wneud beth oedd Miss XXX eisiau iddo wneud, am ychydig, beth bynnag, nes iddo ffeindio beth roedd hi eisiau. Roedd yn rhaid iddo aros i gael clywed ganddi. Teimlodd ryw anniddigrwydd am ei fod yn gorfod aros i weld beth fyddai hi'n gneud nesa. Pwyllo, dyna fyddai ore. Fe allai sortio'r holl beth mas wedyn. Ffeindio'i gŵr hi, hyd yn oed, a bygwth dweud wrtho fe sut roedd hi'n bihafio. Cododd gan deimlo fod ganddo fe damaid bach mwy o reolaeth dros y sefyllfa ac aeth at y drws i ddiffodd y golau. Estynnodd am y switsh. Wrth iddo wneud, fe ddigwyddodd weld y cardiau pen-blwydd oedd yn dal ar y dreser. Cydiodd yn yr un ar y pen ac arni gusanau ond heb enw. Dim ond XXX.

PENNOD 9

ROEDD Y CACHU CI wedi cael ei rwbio y tu mewn i handyls car Eirlys. Fe chwydodd hi ar hyd y lawnt cyn rhedeg i'r tŷ a gweiddi ar Meic. Roedd hi'n golchi ac ailolchi ei dwylo yn y sinc gan ddefnyddio dros hanner y botel Fairy Liquid.

'Ych a fi! Blydi hel! Pwy ddiawl fydde ise neud rhywbeth fel 'na?'

'Ti'n iawn?'

'Nadw, fi blydi ddim yn iawn. Ma rhyw ddiawl wedi rhoi cachu ci ar hyd handyls 'y nghar i gyd!'

Rhewodd Meic a cherdded allan i'r stryd i edrych i fyny ac i lawr i weld a allai weld rhywun yno. Aeth yn ôl i mewn i'r tŷ lle roedd Eirlys yn ceisio peidio cyfogi.

Rhwbiodd ei hysgwyddau. 'Dere di.'

'Pwy ddiawl fydde ise neud rhywbeth fel 'na, Meic?' Edrychodd i'w wyneb.

'Rhyw blant drygionus, siŵr o fod.'

'Plant?'

'Ti'n gwbod fel ma'n nhw,' meddai gan chwilio am liain glân er mwyn iddi allu sychu

47

ei dwylo. 'Ma'n nhw'n ddiawled bach.'

'Ma 'na ddigon o want arna i i ffonio'r polîs.'

'Paid ag *over-reacto* nawr... Pranc oedd e, siŵr o fod.'

'Be ti'n feddwl "siŵr o fod"?' gofynnodd hi gan ddal i sgrwbio'i dwylo.

'Pranc o'dd e, garantîd... 'Sdat ti ddim gelynion, o's e?'

'Wrth gwrs nag o's e!'

'Wel, na fe 'te, *kids*... Fyddi di'n chwerthin am hyn ryw ddiwrnod. Fe a' i i olchi'r car nawr. Ffonia'r gwaith i ddweud y byddi di 'bach yn hwyr a gwna baned i ni. Fydda i mewn nawr.'

Nodiodd Eirlys a chwilio am *bleach* er mwyn golchi'r sinc yn lân cyn llenwi'r tegil.

Chwiliodd Meic yn y cwtsh dan stâr am ryw hen glytie a phowlen i osod dŵr twym ynddi. O dan yr holl gawdel, fe welodd y sach gefn roedd e wedi'i thaflu i mewn yno rhag ofn i Eirlys ei gweld. Edrychodd arni am yn hir cyn taflu llwyth arall ar ei phen a chau'r drws yn sownd. Aeth allan a llenwi'r bwced o'r tap yn y garej yna gwisgo menig rwber a phenlinio wrth ddrws y car. Roedd yr arogl yn ddigon i neud i unrhyw un chwydu.

Doedd Miss XXX ddim wedi cysylltu ers wythnosau ac roedd Meic wedi dechrau perswadio'i hun mai rhyw hunlle oedd y cyfan wedi bod. Doedd e ddim wedi cysgu'n iawn ers y noson honno. Roedd Paul yn y gwaith yn ceisio gofyn iddo fe o hyd ac o hyd oedd rhywbeth yn ei boeni fe. Fe fyddai'n gwadu hynny, yn gwenu'n ffals arno fe ac yn cario ymlaen fel arfer. Efallai mai gwers oedd hi ac roedd e wedi penderfynu rhoi'r gore i'r gwefannau am sbel fowr, fowr. Yn amal, fe fyddai ei focs bwyd cinio yn dod yn ôl at Eirlys heb ei gyffwrdd a hithau'n ceisio'i berswadio i fynd at y doctor oherwydd ei fod yn edrych yn sâl.

Roedd pawb arall yn ymddwyn yr un peth ag arfer. Roedd Siân a James wedi bod heibio a byddai Meic a Paul yn mynd am beint bob nos Wener fel arfer.

Ond roedd Meic wedi dechrau cadw llygad am Miss XXX ac wedi dechrau gweld cysgodion lle nad oedd rhai. Roedd e wedi blino cymaint fel ei fod e wedi dechrau gweld ei ffigwr hi ymhobman hefyd.

A nawr roedd hyn wedi digwydd. Ceisiodd beidio â chwydu wrth i'r dŵr cynnes gymysgu â'r baw ci. Hi oedd wedi gwneud hyn. Garantîd. Petai hi ddim ond yn gofyn i'w gyfarfod e, fe allai fe sortio'r holl beth mas. Doedd dim gobaith setlo'r holl beth os nad oedd hi'n fodlon cyfarfod wyneb yn wyneb. Daeth Eirlys i sefyll yn nrws y bac gan fagu cwpaned o de a'i wylio fe wrthi'n glanhau.

Roedd e wedi mynd â'r plant i'r ysgol feithrin yn ei gar e cyn i Eirlys godi, felly allai fe ddim â bod yn siŵr pryd roedd hyn wedi digwydd. Oedd hi'n gwybod pa gar oedd ganddo fe? Wedi'r cyfan, roedd e wedi teithio ar y trên bob tro pan aeth i'w chyfarfod hi, felly doedd ganddi ddim syniad bod car i gael ganddo. James oedd wedi eu gyrru y noson honno i'r bwyty, felly sut byddai hi'n gwybod? Roedd yn rhaid ei bod hi wedi bod yn gwylio'r tŷ.

Dechreuodd deimlo'n sâl, yn rhannol oherwydd yr arogl a hefyd oherwydd yr euogrwydd. Cododd a rhedeg at y lawnt cyn gwagu'i stumog ar y borfa. Daeth Eirlys tuag ato.

'Fi'n iawn bêb... fi'n iawn... Cer i neud paned i fi.'

Trodd honno ar ei sawdl gan fwmblan, 'ma blydi moch i ga'l yn y byd 'ma.'

Anadlodd Meic yn ddwfn wrth blygu drosodd ac, o gornel ei lygad fe welai gar coch yn dreifio heibio a'i gwyneb hi'n gwenu'n braf arno.

PENNOD 10

'CHRIST!'

Aeth Paul yn dawel. Roedd Meic yn eistedd ar y soffa yn ei wynebu.

'O't ti'n siŵr mai hi oedd hi?'

Nodiodd Meic ei ben. Roedd e wedi arllwys y stori gyfan wrth Paul, heblaw am y darne am y balaclafa a'r rhaffau. Roedd ei fochau'n llosgi'n goch o embaras o orfod cyfadde hyn oll.

'Ffycin hel, Meic, ma rhaid i ti fynd at y moch.'

Cododd Paul ar ei draed a rhwbio'i ben.

''Sdim dewis 'da ti, achan. Ma hi'n *psycho*.'

'Ti ddim wedi bod yn gwrando gair, wyt ti?'

Trodd Paul i'w wynebu.

'Be ti'n feddwl?'

'Alla i ddim dweud dim wrth neb, ti'n gwbod 'na, ne bydd 'y mywyd i ar ben!'

'O, ffor ffyc's sêc, Meic. Stopa feddwl am ti dy hunan. Ti ddim yn gwbod beth alle hon neud. Galle hi neud dolur i dy deulu di, achan.'

'Sa i'n credu 'ny.'

'God, wyt ti'n *selfish bastard*.' Ciciodd Paul y soffa.

51

'Paul, achan.'

'Paid â "Paul-achan" fi. Ti dy hunan sy wedi tynnu hyn am dy ben. Fe wnes i ddweud a dweud wrthot ti ond o't ti pallu blydi gwrando.'

'Ie, ie.'

'O't ti'n chware 'da ffycin tân, achan. O'dd unrhyw *idiot* yn gallu gweld 'ny.'

'Sa i'n credu neith hi ddim byd. *Mind games* yw e i gyd. 'Se hi'n meddwl dangos y tâp 'na i'r moch, fe fydde hi 'di neud 'ny erbyn nawr.'

'Ti ddim yn gwbod 'ny.'

'Bydde hi wedi martsho lan at y tŷ ac wedi gweud popeth wrth Eirlys.'

'Shwt wyt ti'n gwbod be 'neith rhywun *psycho* fel honna? Pob parch, Meic, ti ddim y *sharpest tool in the box* a weden i bod hon ddeg cam o dy flaen di drwy'r amser.'

'Menyw yw hi! Menyw sy fwy na thebyg wedi cal *hard time* 'da rhyw foi rywbryd. 'Na i gyd sy 'da fi i neud yw aros. Fe geith hi ddigon yn y diwedd. Ma hi ise pŵer, on'd yw hi? Gadel iddi gal bach o bŵer ac wedyn fe ddiflannith hi.'

Ysgwyd ei ben wnaeth Paul. 'Shwt wyt ti'n gwbod 'na?'

'Ma'n nhw i gyd 'run peth yn y bôn.'

Roedd Paul yn dal i gerdded y llawr a'r hen foi oedd yn byw oddi tano wedi dechrau cnocio'r nenfwd gyda choes brwsh i ddweud wrthyn nhw am fod yn dawel. Eisteddodd Paul yn ôl ar y soffa gan roi'i ddwylo dros ei wyneb.

'*Christ almighty*, Meic,' meddai'n dawel, 'o's rhaid i ti dympo'r *shit* 'ma ar 'y mhen i drwy'r amser?'

'Sori.'

'Na, wyt ti ddim yn sori, t'weld. Nawr fi'n gwbod am y busnes 'ma, bydd e ar fy meddwl i drwy'r amser.'

'Nest ti addo na fyddet ti ddim yn dweud dim byd.'

'O'dd hynna cyn i fi wbod beth o'dd yn digwydd. O'n i'n gwbod bod rhywbeth ar dy feddwl di'r diwrnode diwetha 'ma. Ond blydi hel, Meic, ma hwn yn *major league*.'

'Nest ti addo, Paul.'

'Ma rhaid i ti neud rhywbeth. Dweud wrth rywun. Beth os neith hi rywbeth uffernol i Eirlys? Ne'r plant? Shwt wyt ti'n mynd i fyw 'da 'na a gwbod y gallet ti fod wedi neud rhywbeth ambwytu fe?'

''Neith hi ddim byd, fi'n siŵr o 'ny.'

'Stopa weud 'na! Bydde well da fi golli 'ngwraig, Meic, a gwbod ei bod hi a'r plant yn fyw ac yn iach na cheisio cuddio hyn oddi wrthi. Fe alle rhywbeth ddigwydd iddyn nhw.'

'Alla i ddim â bod yn siŵr mai Eirlys yw'r

targed. Hyd yn hyn, fi yw e, a fi'n siŵr mai chwarae mic moc ma hi… Fe redith hi mas o syniade a fydd dim yn digwydd erbyn y diwedd. Fe wneiff hi ffindio rhywun arall i'w boeni, mi gei di weld.'

Ysgydwodd Paul ei ben yn dawel.

'Gallet ti ddweud wrth Eirlys. Gallet ti ffonio'r moch, esbonio popeth cyn iddi hi ga'l sians i neud dim byd. Gallet ti ddod i fyw fan hyn ata i am sbel.'

Meddyliodd Meic am eiliad.

'Mae'n well i fi adel pethe am ychydig bach… Gweld be neith hi nesa… Falle ei bod hi 'di cal digon yn barod. Mae'n rhaid i ti addo i fi na ddwedi di ddim byd wrth neb.'

Meddyliodd Paul yn dawel.

'Plîs, Paul.'

Rhwbiodd Paul ei wyneb yn ei ddwylo.

'Sa i'n gwbod a alla i fyw 'da hyn.'

'Rho bythefnos i fi. Os bydd pethe'n mynd yn waeth, fe wna i fynd at y moch. Fi'n addo.'

'O blydi hel!' Ymladdodd Paul â'i feddyliau. 'Iawn, pythefnos neu fe fydda i'n mynd at y moch. Ti'n clywed? Sa i'n neud hyn i ti, y twat. Gneud hyn i Eirlys i fi. Os ceith hi sians i beidio ffindio mas am hyn a bod ei phriodas hi'n llwyddo gyda rhywun sydd byth yn mynd i neud y crap 'ma 'to… wel, iawn… Ond os eith pethe'n wa'th, Meic, fe wna i gamu i mewn, ti'n deall? Er dy les di ma hyn i gyd yn y bôn.'

Nodiodd Meic yn dawel.

Cerddodd Paul i mewn i'r gegin ac estyn dau gan o gwrw oer o'i rewgell newydd.

'Hei! Posh,' meddai Meic yn llawn edmygedd gan geisio codi gwên. 'Ma'r lle 'ma'n dechre edrych fel real *batchelor pad* nawr, on'd yw e?'

Eisteddodd Paul i lawr ar ei bwys ac agor y can gyda TSHSHSH.

'Ody, a gobeithio na fydd dim dau fatshelor yn byw ynddo fe cyn diwedd y pythefnos nesa 'ma.'

Yfodd y ddau o'r caniau oer yn dawel cyn i ffôn symudol Meic ganu yn ei boced. Tynnodd e allan. Tecst oddi wrth Eirlys, 'DERE ADRE NAWR.'

PENNOD 11

'TI'N WEINDO FI LAN i'r top, ambell waith.'

Roedd Meic wedi rhedeg adre yn syth ar ôl derbyn y neges. Roedd Eirlys mewn hwyl wael ac yn bangio'r sosbenni ar ben y stof.

'Be sy'n bod?' gofynnodd Meic â'i wynt yn ei ddwrn. Roedd e wedi rhedeg mor gyflym nes bod y lagyr yn ei stumog yn gwasgu arno.

'O't ti'n gwbod bod Siân a James yn dod draw i swper heno. 'Nes i ofyn i ti ddwywaith i bigo'r stêc lan oddi wrth y bwtsher. Des i adre fan hyn a dim byd yma. Gorffes i fynd i gasglu'r cig 'yn hunan. Nawr dw i ar ei hôl hi 'da popeth a byddan nhw 'ma mewn munud.'

''Na i gyd sy'n bod?'

Trodd Eirlys ato a rhoi edrychiad llawn gwenwyn iddo.

'Ie, 'na i gyd sy'n blydi bod. Ma hynna'n ddigon, on'd yw e? Neu os wyt ti ise i fi ddechre ar bethe erill, fe alla i neud,' meddai hi gan swingio'r gyllell gig yn beryglus o agos i glust Meic ar bwrpas. 'Ti byth yn rhoi sedd y toiled lawr; ma dy feddwl di yn rhywle arall y diwrnode

56

'ma. Ti'n jympi i gyd fel cath â'i chwt hi ar dân. Ti ddim wedi ca'l cawod nac wedi gwisgo'r crys newydd 'na brynes i ti... Fi wedi'i brynu fe, ei olchi fe a'i blydi smwddio fe i ti. Alla i ddim â blydi gwisgo'r dam thing drosto ti, so bagla hi lan stâr i newid.'

Roedd ei gwyneb hi'n goch i gyd. Yn rhannol oherwydd gwres y coginio ac yn rhannol oherwydd ei thymer. Penderfynodd Meic ei chocsio allan o'i hwyl wael.

'Ocê, Miss, fe fydda i lawr nawr wedi newid ac yn *sbic and sban* ac fe olcha i tu ôl 'y nghlustie i 'fyd. O ie, 'nes i anghofio'r stêcs ar bwrpas achos ti'n edrych mor secsi pan ti'n grac.'

Meddalodd ei thymer o flaen ei lygaid.

'Bygyr off!' meddai hi gan chwerthin ac esgus ei gwrso fe lan y stâr gyda'r ffreipan yn ei llaw.

Teimlodd Meic ryddhad wrth iddo sefyll yn y gawod. Roedd e wedi blino bod ar bigau'r drain o hyd. Heno gallai ymlacio, er byddai'n rhaid iddo fod yn neis wrth y James 'na oedd, a dweud y gwir, yn dipyn bach o bloncyr. Siafodd, sychu a newid i'r crys glas oedd wedi ei smwddio'n barod ac yn gorwedd ar y gwely. Roedd y plant yn eu gwelyau ac fe aeth i'w hystafell wely er mwyn rhoi cusan nos da iddyn nhw. Roedden nhw'n anadlu'n ddwfn ac yn rheolaidd ac fe bwysodd drostyn nhw, un ar ôl y llall, gan roi cusan ar eu talcen. Roedd eu gwallt yn arogli'n ifanc ac yn ffres a'u gwefusau bach wedi plygu'n feddal. Gwenodd Beca mewn rhyw freuddwyd.

Doedd e heb fod yn eistedd yn eu gwylio nhw'n cysgu ers amser hir. Roedd cymaint o bethau wedi bod ar ei feddwl ers misoedd. Pan oedden nhw'n fabis, fe fyddai'n eu magu am oriau ond roedd pethau eraill wedi cymryd eu lle erbyn hyn. Teimlodd wres euogrwydd yn cochi'i fochau. Clywodd Eirlys yn agor y drws i James a Siân. Penderfynodd ei bod yn well iddo fynd a'u cyfarch. Caeodd y drws yn ara ac aeth i lawr y grisiau.

Roedd James wedi dod â photel o win a fyddai wedi costio 'run faint â morgais mis i rai pobl, a daeth Siân at Meic yn gusanau i gyd. Roedd Eirlys wedi ei rybuddio fe i beidio â siarad gormod am Paul ac roedd Meic wedi cytuno. Doedd Meic ei hunan ddim eisiau meddwl rhyw lawer am Paul chwaith gan ei fod yn gwybod bod hwnnw wedi rhoi pythefnos iddo gael ateb i'w broblemau. Roedd Eirlys wrthi'n gwneud yn siŵr fod gan bawb ddigon o win a bwyd ac, yn wir, roedd popeth yn edrych yn ffantastig. Roedd hi'n gallu rhoi croeso da i westeion, roedd rhaid dweud. Roedd y lle'n edrych yn lyfli a'r bwyd yn blasu'n arbennig o dda. A dweud y gwir, roedd Eirlys yn dipyn o berffeithydd ac wrth ei bodd yn gweld bod popeth yn iawn a bod pobl yn mwynhau eu hunain.

'Ma fe'n dŷ neis,' meddai James wrth helpu'i hun i ragor o foron. Gwenodd Eirlys.

'Dim mor fawr â'ch tŷ chi,' atebodd Eirlys, 'ond ma fe'n siwtio ni, *small and compact.*'

'Tebyg i nghyflog i,' atebodd Meic gyda gwên.

'Sdim byd yn bod ar *small and perfectly formed.* Drychwch chi ar Siân fan hyn.'

Pwniodd hi e yn ei ochr.

'Oi, *cheeky.*'

'A sôn am dai,' medde Siân gan ddal golwg James a gwenu, 'ma 'da ni rywbeth i'w ddweud.'

Edrychodd Eirlys ar Meic.

'Ie?' gofynnodd Meic a phenderfynodd ddyfalu. *'Wedding bells?'*

Cochodd Siân.

'Na, dim byd fel 'na, ond ry'n ni'n mynd i symud.'

'Symud?' gofynnodd Eirlys a'i llygaid yn lledu. 'O...'

'Fi'n gwbod ei fod e'n dipyn o sioc ond ry'n ni'n meddwl dechre ar fywyd newydd gyda'n gilydd a ma 'na ormod o hen atgofion rownd ffor hyn. Gallwch chi ddod draw i aros aton ni dros y penwythnosau, chi'n gwbod 'ny.'

Nodiodd Eirlys a cheisio edrych yn hapus am y peth er bod Meic yn gwybod ei bod hi'n drist o golli ffrind.

'A... beth am Paul a'r plant?' gofynnodd Meic.

Edrychodd Eirlys arno â rhybudd yn ei llygaid.

'Fe ddewn ni i ryw fath o drefniant, fi'n siŵr.'

Cymerodd Meic lwnc dwfn o win heb ddweud 'run gair. Byddai hon yn ergyd galed i Paul. Bron yn ddigon amdano, mae'n siŵr.

'Licen ni 'sech chi'n cadw fe i chi'ch hunan am nawr, nes i ni gau'r ddêl ar y tŷ a ffindio ysgolion a phethe felly.'

Nodiodd Eirlys a gwenu. Yfodd Meic lwnc arall o win.

Ar ôl y pwdin, fe eisteddodd pawb ar y soffas yn yfed gwin James. Roedd Beca yn codi bob nawr ac yn y man oherwydd y sŵn yn y lolfa ac, am y tro cynta ers tipyn, Meic fyddai'n codi ac yn mynd â hi 'nôl i'r gwely i geisio ei setlo. Erbyn canol nos, roedd pawb wedi cael digon ac yn dechrau meddwl am y gwaith y diwrnod wedyn. Wrth i Eirlys ffarwelio â nhw y tu allan fe ddaeth Beca i lawr y grisiau unwaith eto. Cydiodd Meic ynddi a'i chario i fyny'r grisiau a mynd â hi mewn i'w hystafell. Gosododd hi'n

60

ôl yn y gwely gan sibrwd, 'Ma'r sŵn wedi bennu nawr.'

Cydiodd yn y tedi bach ar bwys ei gwely a'i gosod ar bwys ei boch ac yna rhewodd ei galon.

Ar fola'r tedi roedd tair croes. Tynnodd anadl siarp, boenus. Cydiodd ynddo a'i ddwylo'n crynu.

'Beca... Beca...?' Roedd hi wedi mynd yn ôl i gysgu. 'Beca cariad, dihuna. Ble gest ti hwn? Beca?'

Dechreuodd y ferch fach wenwyno. Cydiodd ynddi a'i siglo.

'Paid, Dad!'

'Beca... gwed wrth Dadi lle gest ti hwn.'

Agorodd ei llygaid cysglyd a cheisio adnabod y tedi o'r degau oedd yn eistedd ar y silffoedd ar bwys ei gwely.

''Mbod.'

'Meddwl nawr, Beca... Lle gest ti hwn?'

Caeodd ei llygaid unwaith eto.

'Beca!' cyfarthodd Meic braidd yn rhy siarp gan wneud iddi ddihuno'n ddisymwth a'i gwefus isa'n dechrau crynu.

'Dyw Dadi ddim yn grac... ond ma Dadi ise gwbod lle gest ti'r tedi 'ma.'

Rhwbiodd ei llygaid a oedd yn dechrau llenwi â dagrau.

'W... W... Wrth y *lady*.'

'Pa *lady*, Beca? Pa *lady*?'

'Yr un sy'n dod i whare 'da ni yn yr ardd ambell waith.'

Gyda hynny, dyma hi'n dechre llefain. Cydiodd Meic ynddi a'i gwasgu at ei galon a oedd bellach yn curo'n boenus o gyflym.

'*Shshshshsh*.'

Rhoddodd Eirlys ei phen rownd y drws.

'Iawn?'

Nodiodd Meic.

'Popeth yn iawn... dim ond breuddwyd ddrwg... dim ond breuddwyd ddrwg.'

Diflannodd ei phen wrth iddi fynd i glirio'r llestri.

Fe edrychodd y tedi yn ôl ar Meic gyda'i lygaid o fotymau duon.

PENNOD 12

CHYSGODD MEIC DDIM WINC. Cododd ac aeth allan yn ei ddresing gown er mwyn edrych ar y ffensys o gwmpas yr ardd gefn. Roedd yn rhaid ei bod yn dod i mewn o'r cefn gan fod dim llwybr yn mynd o ffrynt y tŷ 'nôl i'r cefn. Cae oedd tu cefn i'r tŷ, felly fe fyddai hi'n bosib iddi fynd a dod heb i lawer o neb ei gweld hi. Roedd 'na lwybr cyhoeddus yno hefyd, felly fyddai neb yn meddwl ddwywaith o weld rhywun yn cerdded yno.

Eisteddodd ar siglen y plant am ychydig yn meddwl. Tynnodd y pecyn o ffags o'i boced a thanio un gan geisio peidio â chrynu gormod. Roedd hi'n oer y bore 'ma a thynnodd y gŵn yn dynnach amdano. Roedd e wedi blino cymaint nes ei bod hi'n anodd meddwl yn rhesymegol. Y bore 'ma, roedd yr awyr yn las ac yn lân fel 'se dim byd cas yn gallu digwydd yn y byd. Roedd yr hydref wedi cyrraedd a'r gwynt yn sgubo'r dail marw o'r ffordd ar gyfer y gaeaf.

Roedd y pentref yn dechrau deffro. Yna, fe glywodd sŵn traed. Edrychodd i fyny'n siarp.

Oedd. Roedd yna sŵn traed yn agosáu. Taflodd y ffag i ffwrdd a chodi ar ei draed. Edrychodd ar y clawdd ar waelod yr ardd. Neb. Sŵn rhywun yn cerdded yn dawel, dawel yn ymyl. Aeth at ochr y tŷ. Neb. Agorodd y giât a cherdded i flaen y tŷ. Neb. Safodd yn stond yn clustfeinio am y sŵn lleiaf.

Dyna fe eto. Sŵn ysgafn traed rhywun yn cuddio. Symudodd i ochr yr ardd ar bwys y llwyni. Clywodd sŵn y traed eto. Aeth allan i'r hewl. Roedd rhywun newydd droi'r cornel ar waelod y stryd, allan o'i olwg.

Rhedodd i lawr y stryd yn ei slipers. Edrychodd o gwmpas y cornel. Neb. Dim ond bachgen papur newydd ar ei feic. Aeth at hwnnw.

'Welest ti rywun yn pasio ffordd hyn jest nawr?'

'Be?'

Roedd golwg hanner cysgu ar hwn hefyd.

'Welest ti rywun yn pasio ffordd hyn jest nawr?'

'Wel... sa i'n ateb neb nes gaf i "plîs" ... *God*, ma oedolion yn gallu bod yn rŵd.'

'Ffor ffyc's sêc! Welest ti fenyw yn mynd heibo ffordd hyn nawr?'

Neidiodd ar ei feic a dechre seiclo i ffwrdd.

'Ffyc off, mêt.'

Roedd ei lygaid yn goch oherwydd diffyg cwsg ac roedd y crynu'n waeth. Rhedodd i waelod y stryd unwaith eto ac edrych rownd y gornel i gyfeiriad y parc. Yna, wrth fynediad y parc, dyma fe'n gweld ffigwr yn mynd i mewn trwy'r gatiau. Croesodd y stryd gan anwybyddu'r canu corn a rhedeg ar ei hôl. Roedd yna bobl ar hyd y lle yn edrych yn syn arno wrth iddo redeg ar ei hôl yn ei slipers.

'Dere 'nôl fan hyn!' gwaeddodd arni nerth ei ben gan wneud i bawb droi ac edrych. 'Oi! Dere 'nôl fan hyn, y bitsh!'

Dechreuodd hi redeg ar draws y parc. Rhedodd yn gyflymach nes ei fod o fewn deng metr iddi. Roedd rhai yn y parc yn loncian ac wedi troi i edrych arno. Rhedodd amdani a chydio yn ei hysgwydd a'i thynnu i'r llawr.

'Gad fi fod! Gad fi fod! Help! HELP!!!'

Dyma fe'n edrych ar ei hwyneb hi. Roedd hi'n wraig hollol ddierth. Ond allai fe ddim â bod yn siŵr. Roedd hi'n edrych arno mewn ofn.

'Plîs paid â gneud dolur i fi.' Roedd ei llais yn wan ac yn crynu. Roedd hi wedi dechrau llefen.

'Help! HELP!'

'*Shshshshsh!*'

Gwallt melyn oedd ganddi? Neu wallt du go iawn? Roedd hi wedi newid ei liw a allai fe ddim â bod yn siŵr. Doedd e ddim wedi edrych rhyw lawer ar ei gwyneb hi. Roedd hi'n dywyll bob tro y buodd e gyda hi. Roedd e wedi methu â'i gweld yn iawn.

Cydiodd ynddi a rhoi ei law dros ei cheg.

'*Shshshshshshsh!* 'Na i ddim neud dolur i ti! *Shshshshshsh!*'

Roedd yna ofn dychrynllyd yn ei llygaid.

'Oi! Oi! Ti!' fe glywodd leisiau'r ddau lonciwr wrth iddyn nhw agosáu. Fe ddechreuodd popeth droi ac fe aeth y cryndod a'r boen yn ei frest yn ormod iddo.

'Mister?... Mister? Chi'n olreit?... Mister?'

Llewygodd.

'Meic?... Meic?'

Llais tyner.

'Meic? Chi'n gallu clywed fi?'

Ceisiodd agor ei lygaid ond roedd y golau llachar yn gwneud dolur iddo.

'Nyrs ydw i. R'ych chi yn y sbyty.'

Ceisiodd Meic glirio'i wddwg.

'Fe ddaethon nhw â chi i mewn ddiwedd yr wythnos... Chi wedi bod yn cysgu ers 'ny.'

Pesychodd Meic a gwnaeth ymdrech i godi er bod ei gorff yn crynu i gyd.

''Na fe... Gwell i chi 'i ga'l e lan.'

'Ble? Ble ma Eirlys?'

Trodd y nyrs i ffwrdd.

'Peidwch â phoeni am bethe fel 'na nawr. Canolbwyntiwch chi ar wella.'

Cododd ei hun i ryw hanner eistedd. Roedd ei lais yn gliriach y tro hwn.

'Ble ma Eirlys?'

Taclusodd y nyrs y gwely.

'Ble ma ngwraig i?' Roedd e'n gweiddi erbyn hyn.

'Nawr, nawr, setlwch i lawr a peidwch â gweiddi arna i.'

'O... O... Ond chi ddim yn deall. Dw i eisie gwbod lle ma hi. Be sy wedi digwydd? Ma rhywbeth wedi digwydd iddi, on'd oes e?'

Daeth nyrs arall o rywle er mwyn ei gael i orwedd i lawr ar y gwely.

'Beth sy wedi digwydd?' holodd Meic yn llawn cynnwrf.

'Arhoswch yn dawel yn y gwely am funud.'

Roedd e'n ymbalfalu wrth geisio cael y nyrs i edrych arno a dweud wrtho beth oedd wedi digwydd. Cafodd afael yn ei braich a'i thynnu tuag ato.

'Oi! Gadwch fi'n rhydd.'

'Dim nes bo chi'n dweud wrtho fi lle ma ngwraig a mhlant i!'

Ysgydwodd y nyrs ei hunan yn rhydd. Daeth dau blismon at y drws.

'Ma'n nhw'n iawn. Ma'n nhw gartre'n saff.'

Teimlodd Meic don o ryddhad yn lledaenu drwy ei gorff. Anadlodd anadl ddofn. Edrychodd yn ddryslyd ar y plismyn.

'Be 'ych chi'n neud 'ma 'te?'

Edrychodd un ohonyn nhw ar y nyrs. Nodiodd honno ei chaniatâd iddyn nhw glosio ato.

'Ma 'da ni gwestiyne i'w gofyn i chi.'

PENNOD 13

'ODYCH CHI'N TEIMLO'N IAWN i siarad?'

Nodiodd Eirlys ei phen.

'Chi'n siŵr?'

Roedd Eirlys yn eistedd wrth fwrdd y gegin a'i phen yn isel ar ei brest.

'Fi'n dal yn ffaelu credu'r peth.'

Roedd Helen yn eistedd wrth ei phenelin a phlismones yr ochr draw i'r bwrdd. Roedd mam Eirlys yn chwarae gyda Beca a Jac i fyny'r grisiau a phlismyn eraill yn archwilio'r tŷ.

'O'dd e'n acto'n od, ond ro'n i'n meddwl falle ei fod e dan straen neu rywbeth. Fi jest yn teimlo mor dwp.'

''Sdim ise i chi deimlo'n dwp o gwbwl. Mewn achosion fel hyn, y wraig yw'r ola i gael gwybod. Ma'r dynion yma'n gwybod be ma'n nhw'n neud. Ma dweud celwyddau yn dod yn ail natur iddyn nhw. Do's dim ise i chi deimlo unrhyw fai o gwbwl.'

'Ond fe ddylen i fod wedi sylwi bod rhywbeth yn bod! 'Nes i feddwl unwaith ei fod e falle'n gweld rhywun arall. Yr holl fynd bant 'ma oedd e'n ei wneud. Ond wedyn, fe brynodd e fodrwy i fi ar 'y mhen-blwydd.'

Dechreuodd Eirlys lefen wrth y bwrdd. Cydiodd Helen yn ei llaw. Roedd dagrau o gydymdeimlad yn ei llygaid hithau hefyd. 'Ro'dd e'n actio'n od, jympi... fel 'se rhywbeth ofnadw yn mynd i ddigwydd unrhyw eiliad.'

'Ma'n nhw'n bobol gymhleth,' meddai'r blismones gan ddal i gymryd nodiadau.

'O'dd e'n mynd yn waeth ac yn waeth, yn anghofio pethe ac yn ymddwyn fel 'se rhywbeth ar ei feddwl e drwy'r amser. Wedyn, weithie, ar adege arall, o'dd e'n gallu bod yn lyfli.

'Wrth gwrs eu bod nhw'n berffaith normal bryd arall. Dyna sut maen nhw'n ennill tryst pobol.'

'Ac ro'n ni'n cysgu gyda'n gilydd... O'dd e ddim fel 'se fe ddim yn ca'l... chi'n gwbod.'

Dechreuodd hi lefen yn drwm unwaith eto.

'Ma 'da ni'r fideo. Da'th y fenyw aton ni i gwyno. 'Nath e ei dilyn hi, mae'n debyg, i mewn i'r gwesty ac esgus bod yn *room service*. Ma hi wedi siarad â ni a rhoi ei thystiolaeth. Doedd hi ddim wedi dod ymlaen cyn hyn, oherwydd bod yn gas gyda hi bod y fath beth wedi digwydd iddi hi. Ac ma 'da ni dystiolaeth y ferch 'ma yn y parc. Yr un yr oedd e'n rhedeg ar ei hôl hi y diwrnod gath e ei ddala. Ma hi wedi cael ofn, dwi'n credu, ac wrth gwrs fe fyddwn ni'n ei holi'n fanwl.'

'PC Harris, ga i air?'

Roedd un o'r plismyn yn sefyll wrth y drws. Gwelodd Eirlys e'n cario sach gefn Meic allan at ryw focsys a oedd yng nghist car yr heddlu y tu allan.

'Be 'yf i'n mynd i neud, Helen?' gofynnodd Eirlys a'r dagrau'n llifo i lawr ei bochau. 'Shwt allen i fod wedi caru rhywun oedd yn medru gwneud rhywbeth fel 'na?'

'Shwt o't ti fod gwbod? Nath e dy dwyllo di a'n twyllo ni i gyd.'

'Ma'n nhw'n gweud bod y tâp yn berffeth glir... bod dim amheuaeth.'

'A 'nes i adel iddo fe gysgu 'da fi... Ma 'da ni blant!'

Tynnodd Helen hi tuag ati a gadael iddi lefen i mewn i'w siwmper. Gwrandawodd y ddwy ar Jac yn sgrechian i fyny'r grisiau, yn gwybod yn reddfol bod rhywbeth yn bod ar ei fam, bod rhywbeth wedi digwydd.

'Shwt 'yf i'n mynd i esbonio hyn i gyd iddyn nhw?'

'Hei!' meddai Helen gan gydio yn ei gwyneb. 'Ti ddim ar ben dy hunan. Ma 'da ti fi a Siân a James a dy deulu di. Fe neith Paul wastad edrych ar dy ôl di 'fyd.'

Nodiodd Eirlys ei phen yn ara bach a cheisio sychu'i llygaid.

'Roedd Paul wedi cysgu yn ei gartu fas neithiwr i wneud yn siŵr 'mod i'n iawn,' dywedodd Eirlys â gwên wan yn lledu i'w llygaid.

''Na fe, ti'n gweld, do's dim bai arnot ti o gwbwl. Ni'n mynd i ddod trwy'r sioc hyn i gyd gyda'n gilydd. Ti'n clywed?'

Daeth y blismones yn ôl at y ford.

'Dwi'n meddwl bod yr holl wybodaeth gyda ni erbyn hyn. Ry'n ni wedi casglu rhai pethau. Fe fyddwn ni 'nôl os bydd angen rhywbeth arall.'

Nodiodd Eirlys.

'Fydd 'na gownselor yn galw heibio yn ystod y dyddiau nesa i chi gael dechrau delio gyda'r sefyllfa yma fel teulu.'

Nodiodd Eirlys unwaith eto.

'Diolch am eich amser, a'r te.'

Gwenodd Helen arni'n wan a nodio. Caeodd y criw y drws ar eu holau.

Daeth mam Eirlys i lawr o'r llofft gyda Jac yn cysgu'n swp o ddagrau yn ei chôl, a Beca'n glynu wrth ei thedi bêr bach gyda'r tair croes ar ei fola.

PENNOD 14

Agorodd y drws trwm. Roedd Meic yn eistedd yng nghanol y stafell wrth ddesg fach ar ei ben ei hun. Neidiodd ar ei draed a rhedeg at Paul a chydio yn ei freichiau.

'Diolch byth.' Archwiliodd wyneb Paul gyda'i lyged. 'Paul, ma'n nhw mewn perygl, Eirlys a'r plant. Ma hi wedi'n fframo i. Sa i'n gwbod beth sy'n digwydd.'

Sylwodd Paul fod yna farciau ar hyd ei freichiau lle roedd y nodwyddau a'r *tranquiliser* wedi cael eu rhoi. Roedd hi'n anodd nabod Meic. Roedd e wedi colli pwysau ac roedd yna farciau tywyll o dan ei lygaid. Roedd e'n edrych yn union fel rhywun a oedd wedi colli pob gafael ar ei synhwyrau.

'Ma'n nhw mewn peryg, Paul... Falle lladdith hi nhw... 'Sneb yn credu fi, ond ma 'na berygl y gneith hi eu lladd nhw.'

Edrychodd i mewn i wyneb Paul am gydymdeimlad. Chwiliodd yn daer gyda'i lygaid ond roedd wyneb Paul yn hollol lonydd.

'Paul?'

Gollyngodd ei freichiau a chamodd yn ôl un cam.

'Paul? Be sy'n bod? Fi wedi aros am wythnose i gael dy weld ti. Paul. Ti'n mynd i ddweud wrthyn nhw, on'd wyt ti? O't ti'n gwbod beth o'dd yn digwydd.'

Sefodd Paul yn edrych arno cyn ateb yn bwyllog.

'Fi'n gwbod be wedest *ti* wrtho fi oedd yn digwydd...'

Camodd Meic yn ôl a syllu arno, yn methu â chredu.

'Beth?'

'Fi'n gwbod be wedest ti wrtho i... Nest ti ddweud peth o'r gwir... Ond shwt dw i fod i wbod beth oedd yn digwydd?'

'O... Ond...' Aeth corff Meic yn hollol lipa.

'Alla i ddim dweud dim byd yn bendant achos do'n i ddim 'na. Ro'n i'n gorfod cymryd beth ro't ti'n weud wrtha i, ac am wn i, allet ti fod yn dweud celwydd wrtha i.'

'Beth?'

'Nest ti ddweud celwydd am rai pethe, Meic... Wedest ti bod ti'n mynd i ddweud wrtha i os bydde pethe'n gwaethygu. Fe naethon nhw waethygu ond nest ti ddim dweud gair wrtha i.'

'Ond ro'n i'n meddwl gallen i sorto pethe...'

'Wedodd hi bo ti'n ei dilyn hi ers wythnose.
O'dd hi wedi neud *complaint.* Na pam o'dd hi'n
ffilmio pob dim. O'dd ofan arni hi.'

'Miss XXX?'

'Dyw hi ddim yn briod. Pam bydde hi ise
cwrdd â rhywun fel ti i ga'l rhyw?'

Roedd Meic yn siglo'i ben yn ffaelu'n deg â
chredu'i glustiau.

'Ond ma... ma rhaid i ti nghredu i. Ti'n
gwbod neuthen i ddim...'

'Sa i'n gwbod, Meic. Ma'n nhw'n gweud bod
pobol fel ti yn glefer, yn gallu cuddio pethe, yn
dweud celwydd ac yn gneud i bobol eu credu
nhw; gneud pethe fel bod pob dim yn edrych
yn iawn...'

Roedd Paul yn rhwbio'i ben yn ei ddwylo
erbyn hyn.

'Ond ti'n gwbod na neuthen i ddim byd fel
'na... Pa fath o *sicko* ti'n meddwl ydw i?'

Trodd Paul ei gefn.

'Paul?'

'Drycha. Fi wedi clywed ti'n siarad am
fenywod... y ffordd ti'n meddwl eu bod nhw
i gyd yn dwp... bod 'na gannoedd ohonyn
nhw mas 'na yn begian amdani. Dy eirie di yw
rheina, Meic...'

'Ie, ond do'n i ddim yn meddwl e fel 'na...
Ti'n gwbod 'ny'n iawn.'

'Menyw yw hi, ma'n nhw i gyd 'run peth...'

'Ti 'di cymryd pob dim ffordd rong, Paul. Ti'n gwbod na allen i...'

'Ffindion nhw'r balaclafa a'r rhaffe...'

Trodd Paul i'w wynebu ac edrychodd Meic i'w lygaid. 'Beth uffarn oedd ise i ti ddefnyddio rheini os oedd y ddau ohonoch chi'n cwrdd i gael rhyw?'

'W... W... Wedes i ddim wrthot ti achos o'dd gas 'da fi. Ond 'na beth oedd ei ffantasi hi...'

Daeth chwerthiniad chwerw o wefusau Paul. 'O, handi...!'

''Na beth o'dd hi ise...'

'Pwy oedd yn dweud 'ny, Meic? Ti neu hi?'

Ceisiodd Meic brotestio ond fe sychodd y geiriau yn ei wddwg.

'A nid dyna'r cyfan, Meic. Fe ffindion nhw'r llunie ar dy gyfrifiadur di.'

Edrychodd Meic arno gyda dryswch yn llond ei wyneb.

'Llunie?'

'O'dd 'na lunie o blant, Meic.'

Stopiodd Meic siarad a cheisiodd wneud synnwyr o beth roedd Paul newydd ei ddweud.

Suddodd Meic ar ei bengliniau. Edrychodd i wyneb Paul a oedd yn dal mor llonydd â'r garreg.

'Plant?' dwedodd yn dawel ac yn ddryslyd.

'Fydden i byth yn...'

'Ma 'na luniau... *proof.* Ti yn y gwesty 'na...'

Dechreuodd Meic feddwl. Roedd e'n ffaelu â gwneud synnwyr o'r holl beth.

'Ma rhywun wedi setio fi lan gyda Miss XXX.'

'A pwy yw'r Miss XXX 'ma rwyt ti'n siarad amdani hi o hyd? Un ferch sydd yn yr achos 'ma ac ma hi'n dwyn achos yn dy erbyn di. Does 'da ti ddim prawf, Meic. Dyw hi ddim yn bodoli. Ti'n dechre colli arni. Ma'n nhw wedi ame 'ny'n barod – dweud bo ti'n dechre colli dy farbyls. Wnan nhw ddim dy gredu di, Meic.'

Ar y llawr, ar ei bengliniau, fe gofiodd Meic am fod ar ei bengliniau gyda Miss XXX. Roedd e'n cofio yfed gwin hefyd. Gwin cryf a gnociodd e allan am ddeuddeg awr. Gallai unrhyw beth fod wedi digwydd a fydde fe ddim yn cofio. Gallai unrhyw un fod wedi ei fframio fe yn ystod yr amser yna. Tynnu lluniau oedd yn edrych fel petaen nhw'n dweud y gwir. Fydde fe'n cofio dim. Rhwbiodd ei wyneb a'i ddwylo a dechreuodd lefen. Gallai unrhyw un fod wedi eu plannu nhw ar ei gyfrifiadur.

'Ond ma rhywun wedi cynllunio hyn i gyd yn f'erbyn i!'

'Oeddet ti wastad yn lico chware 'da tân, on'd oeddet ti? A nawr ti wedi cael dy losgi.'

Edrychodd i fyny ar wyneb Paul a gwelodd lygaid ei ffrind yn caledu.

'Be fi wedi'i neud i haeddu hyn? Ma nheulu i mewn perygl. Ma hi wedi neud hyn i gyd i fi ac alla i ddim eu helpu nhw achos dw i mewn fan hyn.'

Cododd ar ei draed a dechreuodd gerdded o gwmpas y stafell yn gyflym. Roedd Meic yn siarad â fe'i hunan. 'Galle hi neud unrhyw beth iddyn nhw... Ma hi'n *psycho*... Be 'nes i o'i le iddi hi eriod? Beth uffarn 'nes i iddi i haeddu hyn? Ma hi'n mynd i'w lladd nhw a 'sdim byd alla i neud ambwytu fe. Gadwch fi mas!'

Camodd Paul yn ôl at y drws wrth i Meic godi'i lais. Roedd Meic yn dechrau colli rheolaeth ar ei dymer. Dechreuodd gicio'r stôl a'r bwrdd a gweiddi nerth ei ben.

'GADWCH FI MAS! MA HI'N MYND I NEUD RHYWBETH IDDYN NHW!'

Doedd e ddim yn ymwybodol bod Paul yno erbyn hyn. Rhedodd tri phlismon i mewn i'r stafell a chydio ynddo. Gwthiwyd Paul yn erbyn y wal wrth iddyn nhw ei gario allan.

'Paul... PAUL! Ma'n rhaid i ti gredu fi... ma'n rhaid i ti... Nes i ddim o'r pethe hyn... Nes i ddim beth ma'n nhw'n weud...'

Roedd pen Paul yn isel wrth i Meic gael ei hanner cario heibio iddo. Doedd ganddo mo'r galon i edrych ym myw ei lygaid. Wrth i sŵn ei brotestiadau dewi ac yntau'n cael ei arwain i ffwrdd, fe ddaeth plismones i siarad â Paul. Cyffyrddodd â'i fraich.

'Chi'n iawn?'

Nodiodd Paul yn dawel.

'Ma fe'n sioc on'd yw e?'

Ysgydwodd honno i gyd fel petai hi'n crynu yn yr oerfel.

'Rhyngot ti a fi, ni'n gorfod delio gyda *sickos* fel hyn bob dydd. Ma dynion fel 'na yn rhoi'r *creeps* i fi. 'Na'r rhan waetha o fy job i. Ond 'na fe, ma 'na ryw fath o *rough justice* i ga'l... Ti'n gwbod be ma'n nhw'n neud i bobl fel fe yn y jâl...'

Edrychodd Paul arni.

'Sori... 'Nes i or-ddweud fan'na, ma'n ddrwg 'da fi.'

'Na... na... ma hi'n eitha reit... !' meddai gan wenu'n gam. 'O'dd e wastad yn edmygu fy *batchelor pad* a nawr ma fe'n mynd i ga'l un ei hunan.'

Camodd Paul allan o orsaf yr heddlu; cynnodd ffag a thynnu'n hir ar y mwg i'w ysgyfaint. Teimlodd yr aer cynnes yn ymlacio'i gorff i gyd wrth iddo gerdded yn bwrpasol tuag at y stesion.

PENNOD 15

Y TU ALLAN I'R CAFFI doedd dim byd i'w weld o'i le.
Trwy'r ffenest fyglyd oedd wedi stemio o achos
gwres y bwyd a'r glaw y tu allan, fe ellid gweld
dyn a menyw yn cael paned. Roedd hi'n weddol
ifanc ac roedd ganddi wallt coch erbyn hyn.
Agorodd y dyn ei boced a sleidro'r amlen llawn
arian o dan y ford i'w chôl. Nodiodd hithau a'i
gymryd a'i rhoi i mewn yn ei bag. Tynnodd hi'n
drwm ar y sigâr *café crème* denau roedd hi'n ei
hysmygu.

'Pleser gneud busnes 'da chi,' gwenodd hi
gan deimlo trwch yr amlen.

'Ma fe i gyd 'na,' meddai Paul gan ddeall beth
oedd yn mynd drwy ei meddwl.

Nodiodd hi a gwenu.

'Ti'n ffaelu â trystio neb yn y gêm 'ma, ti'n
gweld.'

Roedd y caffi'n dechrau llenwi. Roedd y ddau
ar goll yn eu meddyliau am dipyn.

'Roedd e'n sgym, on'd oedd e?'

'Oedd. Dw i'n addo 'na i ti.'

'Gwd, gwd...' meddai hi'n arafach y tro hwn.

'Does dim llawer o ots 'da fi a yw'r *cash* yn iawn ond ma'n helpu ngwaith i os fi'n gwbod eu bod nhw'n sgym.'

Gwasgodd y sigâr i mewn i'r llestr yng nghanol y ford a chodi a gwisgo'i chot. Gwenodd ar y dyn a cherdded allan o'r caffi ac allan i berfeddion yr hen ddinas lwyd.

Edrychodd Paul allan drwy'r ffenest fyglyd. Roedd 'na bobl yn rhuthro ac yn gwau trwy ei gilydd y tu allan. Dim un ohonyn nhw'n becso'r dam am y llall. Teimlai'r oerfel cyfarwydd yna'n setlo amdano. Cododd a thaflu pum punt ar y ford cyn tynnu ei got amdano. Cerddodd allan o'r caffi'n ara bach a cheisio cael un olwg ola ar Miss XXX yn rhywle. Ond roedd hi wedi diflannu erbyn hyn. Gan fod Meic wedi ei ddedfrydu am oes, welai e fyth mohono fe eto – wel ddim am flynyddoedd maith, beth bynnag.

Roedd hi'n rhyfedd beth mae rhywun yn fodlon ei wneud am arian. Yn enwedig putain a oedd wedi alaru ar y byd ac ar ddynion. Doedd hi ddim wedi bod yn anodd ei pherswadio o gwbwl. Roedd arian wedi llacio'i chydwybod yn ogystal â'i choesau. Dim ond dwywaith y talodd Paul iddi hi i gysgu gyda Meic. Roedd hi'n rhy ddrud i dalu am fwy na dwywaith. Fe fedrodd e ddod i ben ag anfon carden a rhoi'r cachu ci ar y car ar ei ben ei hunan. Nawr, o'r diwedd, roedd Meic allan o'i ffordd. Doedd neb wedi gwrando nac wedi edrych rhyw lawer ar y manylion pan oedd yna dystiolaeth mor gryf yn erbyn Meic, y lluniau a'r fideos. Roedd Meic hefyd wedi dechrau ei cholli hi a doedd dim dal beth oedd e'n ddweud bellach.

Roedd hi'n oeri a thynnodd ei got yn dynnach amdano wrth gerdded yn ara bach am y stesion. Roedd e'n nabod Meic yn well na neb, felly mater hawdd oedd ei dwyllo. Dechrau gyda'r garden, symud ymlaen at y baw ci. Ei wneud yn nerfus, yn ara bach, dros gyfnod o amser, jest er mwyn ei wthio fe dros y dibyn. Rhoi tamed o bwyse arno fe wedyn wrth ddweud y byddai fe'n mynd at yr heddlu petai Meic ddim yn dod o hyd i ateb.

Wrth gwrs, doedd dim posib 'sortio' dim byd gan mai fe Paul oedd wrth y llyw. Roedd Meic yn wan a dim ond ei wasgu a'i wasgu oedd eisiau. Jest digon i wneud iddo boeni mwy a mwy am ei deulu nes yn y diwedd... Gwenodd Paul.

Cyrhaeddodd y stesion a chamu ar y trên i fynd yn ôl i'r pentre. Meic, y diawl twp. Fe a'i gêmau. Doedd e ddim yn gwerthfawrogi beth oedd gyda fe. Roedd dynion fel Meic i gyd yr un fath. Roedden nhw bron yn begian am i rywun ddangos iddyn nhw pwy oedd y bòs.

Roedden nhw'n meddwl eu bod nhw'n bwerus ac yn glefyr ond, yn y diwedd, plant oedden nhw. Edrychodd Paul ar y ddinas yn diflannu tu allan i'r ffenest.

Roedd Paul yn hoffi'r teimlad o fynd adre. O fynd i rywle lle roedd e'n teimlo ei fod e'n perthyn. O gael ei gyfarch gan bawb ar bob cornel stryd a nabod ei ardal fel cefn ei law. Gwyliodd y ddinas yn toddi yn y glaw ar y ffenest. Tynnodd anadl hir.

Roedd Siân, y bitsh, wedi dechrau gweld trwyddo fe. Wedi dod i'w nabod e dros y blynyddoedd. Er nad oedd hi'n gwbod mor ddwfn oedd ei ddrygioni. Bu'n rhaid iddyn nhw wahanu ac, mewn ffordd, roedd e'n falch oherwydd doedd e ddim yn ei charu hi, beth bynnag. Doedd e erioed wedi. Fuon nhw'n caru am ychydig fisoedd ac fe drodd hynny'n dair blynedd, diolch i'w hymdrechion hi yn fwy na rhai Paul. Roedd ei wir gariad e wedi priodi, beth bynnag, a doedd e ddim eisiau bod ar ei ben ei hunan.

Wedi i'r plant ddod, fe fyddai'n mynd yn ddiamynedd gyda'r tri ohonyn nhw ac yn ddiamynedd gyda Siân hefyd. Penderfynodd adael un penwythnos neu fe fyddai wedi gwneud rhywbeth iddi. Wnaeth hi ddim dweud gair wrth neb am ei dymer na sôn gymaint o ddiawl oedd e. Roedd Siân yn rhy falch i hynny ac yn gwybod na fyddai neb yn ei chredu hi, beth bynnag, mewn pentre bach. Roedd hi wedi ei ffonio'n ddiweddar i ddweud y byddai hi a James yn symud i ffwrdd. Roedd hi'n ceisio dianc oddi wrtho'n gyfan gwbwl. Ond mewn ffordd, roedd hyn yn gwneud ei sefyllfa fe yn haws, beth bynnag.

Arafodd y trên wrth dynnu i mewn i'r pentre. Camodd oddi arno. Cerddodd ar hyd y llwybr hir tuag at ganol y pentref, yn nodio wrth i ambell un fynd heibio ar ei feic ac un arall yno'n cerdded ei gi. Cerddodd heibio i'r garej ac ymlaen at dafarn y Llew, lle byddai fe a Meic yn arfer cael peint bob nos Wener. Cerddodd ymlaen at y rhes o dai a cherdded i fyny'r llwybr cul. Roedd yr aelwyd y tu mewn i'r ffenest yn edrych yn gynnes ac yn groesawgar. Teimlai fel petai wedi cyrraedd gartref ar ôl taith hir iawn, iawn.

Safodd wrth y drws am eiliad gan geisio tawelu'r nerfau yn ei fol. Cnociodd yn ysgafn a phwyso ymlaen i glywed ei cherddediad yn agosáu at y drws. Roedd hi'n gwisgo sodlau uchel, ffrog werdd lachar a gwên fawr yn llenwi'i gwyneb.

'Ti'n edrych yn lyfli!' meddai Paul gan blygu ymlaen i roi cusan ar ei boch.

'Diolch,' meddai gan ddal i wenu.

'Ti wastad wedi...'

Cydiodd Eirlys yn ei fraich gan gau'r drws ar ei hôl.

'Ble ni'n mynd 'te?' gofynnodd Eirlys gan edrych i mewn i fyw ei lygaid.

'Weden i bo ti'n haeddu ca'l dy sbwylo ar ôl popeth sy wedi digwydd.' Rhoddodd Paul ei fraich am ei hysgwyddau a dweud, 'fe a' i â ti i ble bynnag rwyt ti eisiau mynd.'